오늘도 '수강생'들은 발레를 하며
귀엽게 **좌절**합니다

오늘도 '수강생'들은 발레를 하며
귀엽게 좌절합니다

1판 1쇄 발행 2026년 2월 9일

저자 이수경

교정 황윤　**편집** 유주은　**마케팅·지원** 이창민

펴낸곳 (주)하움출판사　**펴낸이** 문현광

이메일 haum1000@naver.com　**홈페이지** haum.kr
블로그 blog.naver.com/haum1000　**인스타그램** @haum1007

ISBN 979-11-7374-278-1(03810)

오늘도 '수강생'들은 발레를 하며

귀엽게 좌절합니다

이수경 지음

저는
이수경입니다.

무대와 스튜디오를 오가며

30년 동안 발레를 제 삶의 언어로 쌓아왔습니다.

20년째 사람들에게 발레를 가르치고 있으며,

2017년 1월 4일, Ballet Studio를 열어

제가 믿는 '움직임의 힘'을 사람들에게 전하기 시작했습니다.

저는 발레를 단순한 기술이나 움직임으로 보지 않습니다.

사람의 작은 떨림, 굳은 어깨,

흔들리는 중심, 깊어진 호흡 하나에

그 사람의 마음, 하루, 그리고 삶의 결이 그대로 담겨있다고 믿습니다.

그래서 저는

몸을 가르치는 사람이기보다

사람의 '내면의 결'을 읽어내고

그 결이 자연스럽게 살아나도록 돕는

발레 디렉터에 가깝습니다.

수많은 학생과 성인 회원들을 만나며

저는 한 가지 사실을 배웠습니다.

사람은 움직이면 달라지고,

움직임이 달라지면 마음이 움직이고,

마음이 움직이면 결국 삶의 방향도 달라진다는 것.

저는 그 과정을 누구보다 가까이에서 지켜본 사람입니다.

그래서 제 수업은 늘

기술보다 '상태'를 먼저 봅니다.

동작보다 '호흡'을 먼저 듣습니다.

성취보다 '리듬'을 먼저 찾습니다.

그것이 사람을 단단하게 만드는 길이라고 믿기 때문입니다.

최근 저는

움직임, 감정, 태도, 기준, 삶의 결과 같이

사람의 하루를 구성하는 보이지 않는 요소들을

발레인의 시선으로 다시 해석하고 있습니다.

이 책은

제가 지난 수십 년 동안

몸과 마음을 함께 바라보며 얻은 깨달음들을

가장 진솔하고 가장 조용한 언어로 담아낸 기록입니다.

누군가의 삶이

조금 더 부드러워지고,

조금 더 단단해지고,

조금 더 자신을 이해하게 되는 데

이 글이 작은 빛이 되길 바랍니다.

저는 앞으로도

움직임이라는 가장 솔직한 언어로

사람의 삶을 더 아름답게 만드는 일을 계속할 것입니다.

| 차례 |

발레가 그들의 일상을 바꿔놓는 방식들
스튜디오 밖에서까지 이어지는 변화들

어른이 된 우리는
왜 다시 '기초'를 배우고 있을까?

어른이 되고 나서

우리는 너무 많은 것을 잊고 산다.

내 몸이 어떤 리듬으로 움직이는지,

내 마음이 어느 지점에서 흔들리는지,

내가 어디에 힘을 주고,

어디에서 숨을 참는지조차 잘 모른다.

삶이 너무 바빠서,

사람들에게 치여서,

자신을 돌볼 시간이 없어서—

우리는 어느 순간

자신의 몸을 잊고

자신의 마음을 밀어두고

자신의 '중심'을 잃어버린 채 서있게 된다.

그래서인지

성인이 되어 발레를 시작한 사람들은

늘 비슷한 말을 한다.

"선생님, 저는 왜 이렇게 굳었어요?"

"전 원래 몸이 안 좋았나 봐요."

"왜 이렇게 간단한 것도 어렵죠…?"

나는 그때마다

같이 웃어주며 말한다.

"괜찮아요.

어른들은 원래 다 이래요.

우리 모두 다시 처음부터 배우면 돼요."

수업에서 나는 매일,

사람들이 '다시 숨 쉬는 방법'을 배워가는 순간을 본다.

발레를 배우는 어른들은

예쁘게 살기 위해 온 것이 아니다.

그저 살기 위해 온다.

하루가 너무 벅차서,

내 마음이 너무 무거워서,

어디에 기대야 할지 몰라서—

그냥 이 공간에 와서

몸을 조금 움직이고,

조금 흔들리고,

조금 버티고 나면,

조금 괜찮아지는 걸 안다.

그 작은 '조금'들이

사람을 살린다.

나는 그 과정을

누구보다 가까운 자리에서 지켜본다.

발레는 몸을 바꾸는 운동이면서

삶을 다시 시작하게 만드는 운동이다.

사람들은 발레를 하며

자기 몸을 다시 배우고,

자기 마음을 다시 느끼고,

자기 삶을 다시 바라본다.

처음엔 거울 속의 나를 본다.

그러다가 어느 날은

마음속의 나를 보게 된다.

움직임이 바뀌고,

호흡이 바뀌고,

생각이 바뀌고,

태도가 바뀌는 그 과정은

늘 조용하지만

결국 사람을 완전히 바꿔놓는다.

그래서 나는 믿는다.

발레를 시작한 어른들은

이미 누군가가 말하지 않아도

조용히 아름다워지고 있다는 것을.

이 책은,

그 조용한 변화의 기록이다.

나는 발레 마스터로서

수많은 어른의 움직임을 봐왔다.

그들의 흔들림,

그들의 버티는 힘,

그들의 울컥하는 순간,

그들의 작은 성장들.

그 모든 순간이

너무나 인간적이고,

너무나 아름답고,

너무나 귀하다.

이 책은

그 아름다움을 기록하기 위해 쓰였다.

당신이 이 책을 펼친 순간,

이미 변화는 시작되었다.

이 책을 읽는 동안

당신이 조금 더 가벼워지고,

조금 더 단단해지고,

조금 더 자신에게 다정해지기를 바란다.

그리고 무엇보다—

당신의 삶에도

천천히, 부드럽게, 우아하게

새로운 리듬이 생겨나기를 바란다.

움직임이 마음을 바꾸고,

마음이 다시 삶을 바꾸는 그 기적.

그 여정을 당신과 함께 걷고 싶다.

스튜디오 문을 열고 들어오는 순간들

수강생들이 발레를 시작하는 그 첫 장면들

1장

처음 수업에 오는 사람들의 공통점

스튜디오의 문이 하루에도 몇 번씩 열리고 닫힌다.

그 문 사이로 들어오는 사람들의 표정은 대부분 비슷하다.

낯선 공간에 첫발을 내딛는 조심스러움,

마치 숨을 곧장 참아버린 듯한 어깨의 긴장,

그리고 아주 미세한 설렘.

그러고는 거의 예외 없이 이렇게 말을 꺼낸다.

"선생님… 저 진짜 많이 굳었죠?"

이 말이 발레의 '공식 첫인사'처럼 느껴질 때도 있다.

사람들은 마치 발레를 배우기 전에 사과부터 해야 하는 것처럼 굳은 몸을 자책한다.

하지만 나는 늘 같은 말로 답한다.

"괜찮아요. 굳은 건 죄가 아니고, 지금부터 풀면 돼요."

그러면 그제야 그들의 어깨가 아주 조금 내려간다.

나는 이 순간을 좋아한다.

그들이 발레를 선택하기까지 걸린 시간과 망설임이

첫 한마디 속에서 녹아내리는 순간.

사실 나는 알고 있다.

처음 오는 사람들에게 굳어있는 건

몸보다 마음이라는 걸.

오랜 시간 책상 앞에 앉아 일하고,

가족을 챙기고,

해야 하는 일들로 하루를 꽉 채워 살다 보면

자기 몸에 시간을 주는 일이 가장 뒤로 밀린다.

그러다 오래 미뤄둔 마음의 한 조각이

어느 날 갑자기 말을 꺼내는 것이다.

"발레… 해보고 싶었어요."

이 말이야말로, 나는 가장 귀엽고 가장 아름답다고 생각한다.

사람들은 어른이 되면 새로운 걸 시작하는 데

자신의 능력보다 용기가 더 많이 든다는 걸 모른다.

그래서 이 짧은 한 문장에는

'나는 다시 나를 믿어보고 싶다.'

라는 조용한 결심이 숨어 있다.

발레복을 입고 서 있는 모습은 어색하고,

거울 앞에 선 자신의 모습이 낯설어

헛기침을 몇 번씩 하지만

그 모든 어색함 속에서도 나는

아주 작은 불꽃 같은 마음을 본다.

'나는 아직 예쁜 걸 좋아하고,

예쁜 나를 만들고 싶다.'

어른에게 발레는 그런 의미다.

몸을 움직이는 행위 그 이상.

삶을 조금 더 예쁘게 바라보려는 시도.

그래서 나는 첫 수업에서 꼭 이렇게 말해준다.

"발레는 잘하려고 오는 게 아니에요.

내 몸과 다시 친해지려고 오는 거예요."

이 말을 들은 수강생의 표정이

순간 촉촉해지는 걸 여러 번 봤다.

마치 오래전 잃어버린 자신을

다시 맞이하게 된 사람처럼.

첫 수업 시간, 기본자세를 알려주기 위해

발끝을 세우라고 하면

대부분은 자신 없는 표정으로 발목을 살짝 굽힌다.

그 모습이 얼마나 귀여운지 모른다.

어색한 발끝, 긴장한 어깨,

하지만 그 모든 것을 뚫고 나오는

작은 의지의 빛.

발레는 참 묘한 운동이다.

기술을 배워나가는 과정보다

'내가 나를 어떻게 대하는가'를 먼저 보여준다.

처음 오는 사람들의 기본자세는

기술보다는 마음의 모양을 드러낸다.

그러니 굳어 있는 몸은 아무 문제가 아니다.

오히려 나는 굳어 있는 몸을 볼 때마다

그 사람의 지난 시간과 애씀을 읽는다.

꼿꼿하게 버텨온 날들,

마음을 많이 사용해버린 밤들,

누군가를 챙기느라 비워진 자기의 자리.

그래서 나는 그들에게 말해주고 싶다.

여기서는 잘하지 않아도 괜찮다고.

넘어져도 괜찮고, 틀려도 괜찮고,

한 번에 안 되는 것도 지극히 정상이라고.

스튜디오의 하루는

이렇게 누군가의 용기로 시작되고,

그 용기로 조금씩 채워진다.

나는 안다.

첫날 수강생들이 "저 많이 굳었죠?" 하고 말할 때

그 말 뒤에 숨어 있는 진짜 문장은 따로 있다는 걸.

"선생님, 그래도 저… 해봐도 될까요?"

그리고 나는 항상

그 질문에 단 하나의 대답만을 갖고 있다.

"그럼요.

오늘부터 우리 같이 시작해요."

“시작은 언제나

마음을 깨우는 작은 떨림에서 온다.”

누구나 '첫 플리에' 앞에서 작아진다

몸이 놀라는 순간, 마음은 더 솔직해진다

발레를 처음 배우는 사람들에게 가장 낯선 동작은 무엇일까?

턴 아웃? 발끝 세우기? 우아한 팔 라인?

아니다.

단연 플리에(plié)다.

이름만 들으면 우아하고 부드러워 보이지만,

막상 해보면 어른들은 하나같이 자기 무릎에 배신당한 표정을 짓는다.

나는 그 순간을 스튜디오 안에서 수없이 봐왔다.

그리고 매번 똑같은 생각을 한다.

"아, 이게 바로 어른들의 순수함이구나."

첫 플리에는 그런 힘이 있다.

처음 플리에를 하는 순간, 몸은 솔직해진다.

나는 첫 수업에서 반드시 플리에를 알려준다.

그 이유는 단순하다.

플리에는 발레의 모든 기본이 담긴 동작이기 때문이다.

무릎을 굽히는 단순한 동작 같지만

사실은 다음의 모든 것을 동시에 요구한다.

골반의 안정,

척추의 길이,

발바닥의 감각,

무릎의 방향,

내적 중심의 조절,

호흡의 연결.

어른들에게 이 모든 것이

한 번에 '출동'하는 경험은 거의 없다.

그래서 첫 플리에를 하면,

대부분 사람은 조금 당황한다.

자신의 몸이 이렇게나 정직하게 반응하는지 몰랐다는 듯.

그렇게 무릎을 굽히기 시작하면

몸이 부스럭거리며 이렇게 말하는 듯하다.

"잠깐만… 정말 지금 이걸 하려고?"

그 표정이 너무 귀엽다.

몸이 놀라면서 마음이 투명해지는 순간.

오랜만에 내 몸이 답을 요구하는 순간.

플리에 앞에서 사람들은 작아진다.

나는 이 장면을 볼 때마다

항상 마음이 조금 짠해진다.

왜냐하면 어른들은

자기 몸에 이렇게 정직하게 마주 설 기회가

사실 거의 없기 때문이다.

일상에서는 대충 버티거나

잠깐 회피하거나

"몰라도 돼." 하고 넘어갈 수 있는 것들.

하지만 플리에 앞에서는

사소한 부정확함이 모두 드러난다.

무릎이 바깥으로 향하지 않으면 바로 느껴지고,

척추가 무너지면 금세 균형이 흐트러진다.

그래서 어른들은 그 앞에서

누구나 조금 작아진다.

자기 자신에게 솔직해지는 아주 귀한 순간이다.

하지만 작아진 그 순간이 성장의 출발점.

어떤 수강생은 이렇게 말했다.

"선생님, 저는 플리에 할 때마다

제가 조금 '정직해지는' 기분이에요."

나는 그 말이 너무 좋았다.

플리에는 단순히 무릎을 굽히는 동작이 아니다.

자기 몸의 가능성과 한계를 동시에 느끼게 하는 동작이다.

그리고 그것을 받아들이는 마음이 바로 성장의 시작이다.

어떤 날은 플리에가 잘 되고,

어떤 날은 이유 없이 힘들다.

하지만 이 작은 반복 속에서

사람들은 조금씩 단단해진다.

무릎을 굽혔다가

다시 천천히 펴는 동작.

이 단순한 움직임처럼,

사람도 그렇게

내려갔다가 다시 올라오는 과정을

반복하며 강해지는 것이다.

그래서 나는 플리에를 '용기의 동작'이라 부른다.

누구나 첫 플리에 앞에서 작아지지만,

그 작아짐은 결코 실패가 아니다.

발레에서는 작아질수록 더 우아해질 준비가 되는 것이다.

몸을 다시 세우기 위해

먼저 낮아지는 것.

호흡을 가다듬기 위해

먼저 멈추는 것.

어른에게 필요한 건

바로 그런 유형의 용기다.

그래서 나는 오늘도

플리에를 처음 배우는 사람들에게 이렇게 말해준다.

"괜찮아요.

누구나 첫 플리에 앞에서는 작아져요.

하지만 그 작은 순간이,

당신을 제일 크게 만들어줄 거예요."

그리고 나는 알고 있다.

오늘도 누군가는

플리에 앞에서 귀엽게 작아지겠지만,

그 작아짐이

어제보다 더 우아해졌다는 것을.

“몸이 솔직해지면, 마음도 조용히 따라온다.”

3장

발레복을 고를 때 이미 성장은 시작된다

장바구니 속 망설임이 말해주는 것들

발레를 처음 시작하는 어른들이 가장 오래 고민하는 것은 의외로 '동작'이 아니다.

턴 아웃도 아니고, 발목도 아니고, 첫 플리에의 충격도 아니다.

가장 오래, 그리고 가장 진지하게 고민하는 건 바로 발레복이다.

그중에서도 특히 레오타드.

나는 수강생들이 첫 수업을 예약한 뒤

상담 메시지보다 먼저 보내는 질문이

대부분 이런 내용이라는 걸 이미 잘 알고 있다.

"선생님… 레오타드 꼭 입어야 하나요?"

"저에게 어울리는 색이 있을까요?"

"몸이 부끄러운데, 그래도 입어도 될까요?"

이 질문 안에는

그 사람이 발레를 향해 내딛는 조심스러운 마음과

자신에 대한 오랜 불안이 동시에 담겨 있다.

장바구니에 들어갔다가 빠졌다가, 다시 들어가는 레오타드.

나는 수십 명의 수강생을 통해

이 여정을 수도 없이 목격했다.

레오타드를 장바구니에 넣는다.

다시 뺀다.

또 넣는다.

새벽 2시에 다시 본다.

결제 버튼 앞에서 10분 동안 정지한다.

그 모습이 얼마나 귀여운지,

이제는 장바구니에 레오타드 하나 들었다 하면

나는 이미 마음속으로 이렇게 말한다.

"아, 이분은 곧 성장하겠구나."

레오타드를 산다는 건

'나는 이 시간을 진심으로 만들겠다'라는 결정이기 때문이다.

그 안에는

'예뻐지고 싶다'라는 감정과

'새로운 나를 만나보고 싶다'라는 의지가 있다.

어른이 된 뒤 자주 잃어버리는 마음이다.

어른들이 발레복을 망설이는 이유는 '몸' 때문이 아니다.

많은 사람이

"제가 몸이 별로라서…."

"선생님, 어울릴까요?"

"배가 나올까 봐요…."

이런 말을 한다.

하지만 나는 알고 있다.

이 망설임의 근원은 몸이 아니라 마음이라는 걸.

우리 모두 어른이 되면서

'예쁜 걸 좋아하는 마음'을

조금씩 지워왔다.

실용적이고, 효율적이고, 필요하고, 합리적인 것만 선택하며

감정의 여백을 덜어냈다.

그래서

처음 레오타드를 선택하는 일은

단지 운동복을 고르는 행위가 아니라

나에게 '예쁘게 살고 싶다'라고 다시 말하는 순간이다.

그게 얼마나 귀하고,

얼마나 용기 있는 행동인지

발레 마스터인 나는 누구보다 잘 안다.

색을 고르는 순간, 마음의 색이 드러난다.

어떤 수강생은

"검은색이 제일 무난하죠?" 하고 고민하다가

막상 스튜디오에 오는 날

은근히 화사한 라일락색을 입고 온다.

부끄러워서 자꾸 워머로 가리고 있지만

그 라일락은 누구보다 사랑스럽다.

또 어떤 수강생은

빨간색을 고를까 말까,

며칠을 고민하다가 결국 결제한다.

그리고 나에게 이렇게 말한다.

"선생님, 너무 눈에 띄지 않을까요…?"

하지만 수업이 시작되면

그 빨간색은 그 사람의 용기처럼

조금씩 스튜디오 전체를 환하게 만든다.

옷은 결국 마음의 색이다.

어른의 마음은 조용하지만

생각보다 훨씬 다채롭다.

내가 레오타드를 '자기선언의 옷'이라고 부르는 이유,

레오타드는 몸을 드러낸다.

그 말은 단점도 보이고,

굳은 부분도 드러나고,

자신이 싫어하는 부분도 가려지지 않는다는 뜻이다.

하지만 역설적으로,

그 옷을 입고, 서는 순간

사람들은 오히려 자기 자신과 가장 가까워진다.

"그래, 이게 나야.

이 몸으로 나 오늘도 해볼게."

이 마음이 만들어내는 변화는 생각보다 강력하다.

그런 마음으로 시작한 수강생들은

동작이 빨리 늘고,

수업을 오랫동안 지속하고,

더 깊이 몰입한다.

그들은 이미 알고 있기 때문이다.

발레에서 가장 중요한 건

몸매도, 유연성도, 기술도 아니라는 걸.

'나를 어떻게 바라보고 싶은가.'

그 마음의 모양이 모든 동작을 바꾼다.

그래서, 발레복을 고를 때 이미 성장은 시작된다.

나는 첫 수업에서

레오타드를 입고 들어오는 사람들을 보면

입꼬리가 올라간다.

그 사람의 하루에

작은 용기가 하나 더해졌다는 뜻이기 때문이다.

장바구니 속에서 수없이 머뭇거리던 선택이

마침내 현실로 들어온 순간.

그 순간을 지켜보는 것은

발레 마스터에게도 큰 기쁨이다.

오늘도 스튜디오 문 앞에서

수강생들은 작은 결심을 가슴에 품고 들어온다.

그리고 나는 안다.

그 결심이 내일의 모든 동작을 바꾼다는 것을.

그들의 삶도 조금씩 바꾼다는 것을.

발레복을 고르는 그 작은 행동은

그저 선택이 아니라

'나에게로 돌아오는 첫걸음'이기 때문이다.

“아주 작은 변화가 하루를 달라지게 한다.”

4장

예쁜 걸 좋아한다는 용기에 대하여

어른이 발레를 선택하는 이유

발레를 시작하는 성인은 딱 두 종류로 나뉜다.

예쁜 걸 정말 좋아하는 사람과,

예쁜 걸 좋아하지만 그걸 인정하는 데 시간이 걸리는 사람.

나는 수강생들을 보며 늘 느낀다.

어떤 사람이든―

발레를 선택했다는 사실 하나만으로

이미 마음속에 '아름다움을 향한 용기'가 있다는 것.

어른이 된 뒤에 무언가 예쁜 걸 좋아한다고 말하는 건

생각보다 어렵다.

효율적이고, 이성적이고, 실용적인 것을

선택해야만 옳은 시대를 살아왔기 때문이다.

하지만 발레는 다르다.

발레는 처음부터 끝까지 예쁨을 향한 몸의 시도다.

그리고 어른들이 그 세계에 발을 들였다는 건

자신의 마음 깊은 곳에서 들려온 작은 목소리를

드디어 들어준 것과 같다.

"저… 예쁜 게 좋아요."

이건 사실 엄청난 용기 있는 문장이다.

상담하다 보면 수강생들이 결국 털어놓는 말이 있다.

"사실… 예쁜 걸 좋아해서요."

"발레복도 예뻐서 해보고 싶었어요."

"선생님처럼 우아한 라인을 갖고 싶어서요."

이런 말을 꺼내는 순간, 사람들은

마치 고백이라도 하듯 얼굴을 붉힌다.

하지만 나는 그 말이 나올 때마다 마음이 따뜻해진다.

어른이 된 뒤

'예뻐 보이고 싶다'라는 마음은

종종 사치처럼 취급된다.

하지만 나는 확신한다.

그 마음은 인간이 가진 가장 건강한 욕망 중 하나다.

그리고 그 욕망을 따라 발레를 시작하는 건

무모함이 아니라 회복의 시작이다.

예쁨을 향한 마음은 사람을 살린다.

발레를 배우다 보면

누구나 자기 몸의 '덜 예쁜 부분'을 마주한다.

말하지 않아도 나는 안다.

거울 앞에서 배를 살짝 집어보는 손,

팔 라인을 만들며 올라오는 어색한 표정,

옆 사람과 비교하며 내쉬는 작은 한숨.

하지만 신기한 건,

발레를 지속하는 사람들은

이 부분들 때문에 포기하는 게 아니라

오히려 이 부분들 덕분에 성장한다는 사실이다.

예쁜 걸 좋아하는 마음은

자기 의지를 깨우는 힘이 있다.

어른의 삶에서 그건 꽤 큰 기적이다.

오늘보다 내일

조금 더 길게, 조금 더 곧게, 조금 더 우아하게.

그 작은 욕망이 결국 사람을 움직인다.

발레는 미의식이 몸을 이끄는 운동이다.

발레를 배우는 성인들을 보면

기술보다 먼저 변하는 게 있다.

바로 자의식의 방향.

처음에는 거울 속 자신의 모습이

부끄럽고 어색해 보일지 몰라도

시간이 지날수록 사람들은

거울을 바라보는 눈빛이 달라진다.

처음에는

'내 단점이 보이는 거울'이었다면,

이후에는

'내 가능성이 보이는 거울'이 된다.

그 변화는 기술이 아니라

미(美)를 향한 마음이 만든다.

예쁨을 향한 마음에는

이상하게도 사람을 단단하게 만드는 힘이 있다.

비교가 아니라,

경쟁이 아니라,

그저 '어제의 나보다 오늘의 내가 조금 더 아름다워지고 싶어서.'

그 마음이 결국

척추를 세우고, 호흡을 길게 만들고,

어깨를 조금 더 펼치게 한다.

어른들이 발레를 시작하는 진짜 이유,

나는 오래전부터 알고 있었다.

수강생들이 발레를 시작하는 이유는

'유연해지고 싶어서'가 가장 많지만,

사실 그 말 뒤에 숨어 있는 진짜 이유는

아주 조용하고, 아주 깊다.

"살면서, 좀 예뻐지고 싶었어요."

"우아한 사람이 되고 싶었어요."

"누구보다 나 자신에게 예뻐 보이고 싶어요."

이런 문장들은

겉으로는 가벼운 동기처럼 보이지만

사실은 마음의 중심을 움직이는 강력한 원동력이다.

어른이 자신의 아름다움을 회복하려는 마음.

그 마음이 결국 이들을 스튜디오 문 앞으로 데려온다.

그리고 나는 그 마음을

세상 누구보다 존중하고 싶다.

그래서 나는 '예쁜 걸 좋아한다'라는 마음을 응원한다.

나는 늘 수강생들에게 이렇게 말한다.

"예쁜 걸 좋아하는 건

절대 가벼운 게 아니에요.

자신을 돌보는 가장 본능적인 방식이에요."

발레는 어른들의 삶에서

오랫동안 묻어둔 그 마음을

다시 꺼내주는 운동이다.

오늘도 스튜디오로 들어오는 사람들은

조금의 부끄러움과

조금의 설렘을 품고 말한다.

"선생님, 저… 예쁜 게 좋아서 시작했어요."

그리고 나는 그들에게 고개를 끄덕인다.

"그 마음이면 충분해요.

그건 발레를 시작하는 데 가장 정확한 이유니까요."

“아름다움은 완벽이 아니라 정직에서 피어난다.”

5장

시간이 없어서, 그래서 발레가 필요했다

피곤한 하루 속에 만들어낸 '나만의 1시간'

수강생들이 상담할 때 가장 많이 하는 말 중 하나가 있다.

"선생님, 시간이 정말 없어요."

하지만 그다음 문장은 의외로 이렇게 이어진다.

"그래서 발레가 필요했어요."

나는 이 말의 진짜 의미를 오래전부터 알고 있다.

시간이 없다는 말은 사실

'나에게 시간을 쓸 여유가 없다'라는 뜻이고,

발레가 필요하다는 말은

'이젠 나에게 시간을 쓰고 싶다'라는 마음의 신호다.

어른들이 발레를 시작하는 이유 중

가장 조용하지만 가장 강력한 이유가 바로 이것이다.

바쁜 어른들은 더 절실하다.

워킹맘, 직장인, 자영업자, 프리랜서,

인생의 여러 역할을 동시에 떠안고 사는 사람들.

그들은 시간표가 빽빽하게 차 있고

하루가 시작되자마자 정신없이 흘러간다.

그런데 그런 사람들이 발레 예약을 한다.

야근한 다음 날에도,

아이를 재우고 난 뒤에도,

심지어 주말 9시 수업까지.

나는 묻는다.

"힘들지 않으세요?"

그러면 그들은 웃으며 말한다.

"힘든데… 발레하고 나면 이상하게 괜찮아요."

이 '괜찮아짐'은 단순한 기분 전환이 아니다.

움직임이 마음을 정리해주는 생리적 변화,

그리고 뇌가 느끼는 작은 성취의 감각이다.

하지만 더 깊은 이유도 있다.

이 시간은 누구의 것도 아닌 오직 나만의 시간이기 때문이다.

발레는 어른들에게 '내 이름이 적힌 시간'을 준다.

어른들은 하루 대부분을

누군가의 이름을 위해 산다.

가족의 이름, 회사의 이름, 프로젝트 이름,

심지어 강아지 이름까지.

하지만 스튜디오에 들어오는 순간만큼은

그 시간의 주인이 명확해진다.

그건 회사의 시간도 아니고,

가족의 시간도 아니고,

해야 할 일들의 시간도 아니다.

그 1시간은 오롯이

자기 몸, 자기 호흡, 자기 감각만을 위한 시간이다.

발레는 그 점에서 굉장히 귀하다.

필요한 준비물도, 장비도, 복잡한 규칙도 없다.

단지 몸 하나만 데리고 오면 된다.

그 안에서 사람들은 오랜만에

자기 자신에게 집중한다.

호흡을 들이마시고,

척추를 길게 세우고,

발끝에 신경을 모으는 동안

머릿속은 조용해지고 마음은 맑아진다.

그 짧은 시간이

하루를 견디게 하는 힘이 되는 것이다.

"선생님, 이 시간이 없었으면 버티기 힘들었을 거예요."

계절이 바뀔 때쯤,

수강생들은 종종 이런 말을 한다.

"요즘 너무 바쁜데… 그래도 발레는 빠질 수가 없어요."

"힘든데도 오고 나면 다시 살 것 같아요."

"딱 이 시간이 있어서 일주일이 버텨져요."

나는 그 말이 얼마나 진심인지 안다.

발레는 단순한 운동이 아니라

삶을 정리하는 리셋의 시간이기 때문이다.

몸이 움직이면

생각이 제자리로 돌아오고,

심장은 제 리듬을 찾는다.

어른에게 필요한 건

거창한 휴식이 아니다.

딱 1시간, 마음이 제자리로 돌아올 작은 공간.

스튜디오가 그 공간이 된다면

나는 그걸로 충분하다.

시간이 없어서, 그래서 발레를 선택했다.

이 문장은 겉으로는 모순처럼 보이지만

실제로는 완벽하게 맞는 말이다.

시간이 없을수록

사람은 자기 자신을 더 잃어버린다.

그리고 어느 순간

그 공백을 알아채게 된다.

그 공백을 메우려는 가장 아름다운 시도,

그게 바로 발레다.

오늘도 바쁜 사람들은

집에서 나올까 말까 수십 번 고민하다가도

결국 스튜디오로 들어오는 문을 연다.

나는 그 모습을 볼 때마다 생각한다.

'아, 이 사람은 자신의 삶을 더 사랑하고 싶구나.'

'그래서 시간을 만들어서라도 여기에 오는구나.'

발레는 어른들에게

시간의 여유를 주는 운동이 아니라,

자기 자신을 위한 시간을 '되찾게' 하는 운동이다.

바쁘고 피곤하고 정신없는 하루 속에서

자신에게 단 1시간이라도 선물하는 것.

그게 바로 발레가 주는 힘이다.

“삶은 바쁘지만,
마음이 머무는 순간만은 꼭 잡아두자.”

6장

수업 첫날, 내가 가장 많이 듣는 말들

"저 너무 어색하죠?", "이렇게 하면 안 돼요?"

첫 수업이 시작되기 5분 전,

사람들은 거울 앞에서 조용히 서성인다.

발레복이 아직은 낯설고,

내 몸이 이 공간에 잘 어울리는지 자신에게 확인하듯

거울을 훑어본다.

그리고 나는 거의 예외 없이

같은 말을 들으며 수업을 시작한다.

"선생님… 저 너무 어색하죠?"

"이거 이렇게 하면 안 되는 거죠?"

"제가 제일 못하죠…?"

이 말들은 첫날의 '필수 패키지'처럼 따라온다.

하지만 나는 이 질문들을 들을 때마다

절대 실수나 부족함의 표시로 보지 않는다.

오히려 상대가 얼마나 성실한 사람인지 보여주는 증거라고 생각한다.

왜냐하면,

어른들은 자신의 몸을 '평가'하는 데 너무 익숙하기 때문이다.

"저 너무 어색하죠?"라는 말은 불안의 표현이 아니라 용기의 표현이다.

이 말 안에는 단순한 민망함이 아니라

조금은 떨리는 고백이 들어 있다.

"제가 잘할 수 있을지 모르겠어요.

그렇지만 해보고 싶어요."

수많은 수강생을 봐왔지만

이 말 뒤에 오는 표정은 늘 같았다.

눈빛은 조심스러운 기대를 품고 있고

입술은 살짝 굳었고

어깨는 조금 올라가 있다.

나는 그 어깨를 보는 순간

속으로 이렇게 말한다.

"아, 괜찮아요. 지금 충분히 잘하고 있어요."

사람들은 잘하지 못해서 부끄러운 게 아니다.

처음인 상황이 낯설어서 부끄러운 것이다.

하지만 낯섦을 감당할 수 있는 사람이

결국 발레를 오래 한다.

'이렇게 하면 안 돼요?'라는 정답을 찾으려는 마음이다.

어른들은 배우는 방식도 어른답다.

정답이 있고, 기준이 있고,

거기에 최대한 맞추려는 경향이 있다.

그래서 동작을 따라 하면서도

계속 확인한다.

"선생님, 이거 각도 맞나요?"

"팔을 더 올려야 하나요?"

"발끝이 저쪽인가요?"

이 질문들은

지식을 얻으려는 게 아니라

'나는 제대로 하고 싶은 사람입니다.'라는 마음의 표현이다.

어른들은 언제나

실수하면 안 된다는 압박 속에 살아왔다.

그래서 처음 발레를 할 때도

자연스럽게 정답을 찾으려 한다.

하지만 발레에서는

정답보다 '느낌'이 더 중요하다.

그래서 나는 이렇게 대답한다.

"조금 틀려도 괜찮아요.

지금은 몸이 배우는 중이에요."

그러면 사람들은

마치 숙제를 미뤄도 된다는 허락을 받은 아이처럼

살짝 안도한 미소를 짓는다.

"제가 제일 못하죠…?"

이 말은 귀엽지만, 사실은 가장 슬픈 말이다.

가끔 수강생들은

옆 사람을 쓱 보며 이렇게 말한다.

"선생님, 제가 오늘… 제일 못하죠?"

이 말은 겉으로는 농담처럼 들리지만

그 안에는 아주 깊은 감정이 숨어 있다.

'나를 제일 낮게 만들어야

덜 불안해진다.'라는 마음.

어른들은 자신을 깎아내려야만

타인의 시선을 견딜 수 있다고 믿는 경우가 많다.

하지만 나는 수업에서

이 말만큼 부드럽게 깨고 싶은 말이 없다.

그래서 나는 항상 이렇게 말한다.

"여기는 순위가 없어요.

당신은 그냥 '오늘의 나'면 돼요."

이 말을 들은 수강생들의 표정은

한순간에 환해지거나,

가끔은 눈이 살짝 붉어진다.

그만큼

다른 사람보다 잘하고 싶은 마음보다

'뒤처지면 어쩌지?' 하는 두려움이

어른들에게는 더 크다는 뜻이다.

그래서 첫날의 질문들은

부족함의 증거가 아니라

참여의 증거다.

나는 첫 수업에서 받는 이 질문들을

항상 좋아한다.

"저 너무 어색하죠?"라는 말은

어색함 속에서도 발을 옮긴 용기이고,

"이렇게 하면 안 되는 거죠?"라는 말은

내 몸을 정확히 알고 싶다는 진심이고,

"제가 제일 못하죠?"라는 말은

잘하고 싶다는 마음의 다른 표현이다.

그 모든 문장은

오히려 그 사람이 성장할 준비가 되어 있다는 증거다.

첫날의 수업을 마치고 나면

수강생들의 표정은 조금 달라진다.

처음보다 어깨가 내려가 있고,

거울을 보는 눈빛이 부드러워져 있고,

몸을 향한 시선이 조금 더 따뜻해져 있다.

그 변화를 보는 순간

나는 매번 생각한다.

"이 사람은 이미 시작했다."

그리고 시작한 사람은

언젠가는 꼭 성장한다.

"첫날에 던지는 불안한 질문들은
부족함의 고백이 아니라,
성장할 준비가 되었다는 가장 중요한 용기다."

몸이 먼저 말을 시작하면 생기는 일들

성인 수강생들의 몸, 동작, 습관을 지켜본 기록

7장

턴 아웃은 억지가 아니라 용기다

몸이 '열리는' 진짜 순간

턴 아웃(turn-out).

발레를 모르는 사람들에게는 조금 생소한 단어지만,

발레를 시작한 사람들에게는 평생의 숙제가 되는 단어다.

"선생님, 제 턴 아웃이 왜 이렇게 안 되죠?"

"엉덩이가 안 열려요!"

"전 태어날 때부터 1번 포지션이 없는 사람인가 봐요…."

수업 중 가장 많이 들리는 말도,

가장 귀여운 투정도,

가장 깊은 고민도 모두 이 한 단어에서 시작된다.

하지만 나는 수강생들에게 늘 똑같이 말한다.

"턴 아웃은 억지로 벌리는 게 아니에요.

용기로 여는 거예요."

어른들은 이 말을 처음엔 잘 이해하지 못하지만,

시간이 지나면 다들 고개를 끄덕인다.

왜냐하면 턴 아웃을 연습한다는 건

단지 골반을 열고 다리를 돌리는 연습이 아니라,

내 안에서 굳어 있던 무언가가 천천히 풀리는 경험이기 때문이다.

처음 턴 아웃을 해보면, 사람들은 일단 '자신의 한계'를 본다.

턴 아웃을 처음 배워보는 날,

내가 보는 건 무릎이나 발끝이 아니라

사람들의 표정이다.

대부분 이런 표정을 짓는다.

'아니 이게 왜 안 되지?'

'내 다리가 이렇게 고집이 셌나?'

'이 각도밖에 안 나온다고?'

처음 턴 아웃이 잘 되는 사람은 거의 없다.

어른의 몸은 이미 오랜 시간

앞으로만, 안쪽으로만, 편한 방향으로만 움직여왔기 때문이다.

그래서 턴 아웃은

그동안 한 번도 써보지 않은 근육과

한 번도 열어본 적 없는 방향을

처음으로 건드리는 작업이다.

이때 수강생 대부분은

거울 앞에서 살짝 풀이 죽는다.

"선생님…. 전 역시 안 되는 것 같아요…."

그 말이 얼마나 귀여우면서도 근사한지

정말 모를 것이다.

왜냐하면 턴 아웃은

'잘 되는 상태'보다

'해보려고 하는 상태'가 훨씬 가치 있는 동작이기 때문이다.

턴 아웃을 억지로 벌리면 몸은 버티지 못한다.

가끔은 욕심이 많은 수강생들이 있다.

발을 최대한 벌리고

다리를 바깥으로 억지로 돌리려는 사람들.

그런 날이면 나는 조금 더 단호하게 말한다.

"그렇게 열면…

엉덩이는 열리는 게 아니라 화가 나요."

억지 턴 아웃은 몸을 다치게 한다.

근육은 긴장하고, 골반은 틀리고,

무릎과 발목에 불필요한 힘이 들어간다.

턴 아웃은 발레에서 가장 중요한 기본이지만

동시에 가장 부드럽게 접근해야 하는 기본이다.

다리를 바깥으로 '돌리는' 게 아니라

엉덩이 깊은 곳에서

스르르 '열리는' 느낌.

어른들이 그 느낌을 찾는 데

시간이 오래 걸리는 건 당연하다.

평생 그 부위를 한 번도 의식해본 적 없기 때문이다.

그래서 나는 턴 아웃을 이렇게 설명한다.

"억지는 금방 끝나고,

용기는 끝까지 간다."

몸이 열리는 순간은 조용하게 찾아온다.

턴 아웃을 잘하는 사람들의 특징은 하나다.

욕심 없이,

묵묵하게,

그냥 '꾸준히' 한다는 것.

어떤 수강생은 한 달이 지나서,

어떤 수강생은 석 달이 지나서,

어떤 수강생은 1년이 지나서야

조용히 변화가 온다.

그 변화는 정말 '소리 없이' 찾아온다.

아무도 모르게,

본인도 모르게,

어느 날 갑자기 발끝 방향이 달라져 있다.

"어? 나 오늘 턴 아웃이 좀 되는데요?"

그 말이 나오는 순간

나는 속으로 손뼉을 친다.

몸은 생각보다 정직하지 않지만,

생각보다 훨씬 더 기억력이 좋다.

꾸준히 연습하면

근육이 스스로 길을 찾는다.

움직임의 방향과 호흡의 흐름을

몸이 기억하기 시작한다.

그때부터 턴 아웃은

억지가 아니라 자연이 된다.

그래서 턴 아웃은 결국 '용기의 동작'이다.

오랜 시간 닫혀 있던 몸의 방향을

처음으로 바꿔보겠다는 마음.

평생 쓰지 않던 근육을

처음으로 깨워보겠다는 의지.

내 몸의 가능성을

처음으로 믿어보겠다는 선택.

이 모든 것이 턴 아웃 안에 들어 있다.

그래서 나는 오늘도 수강생들에게 말한다.

"조금만 열어보세요.

조금만 믿어보세요.

조금씩 열리면 돼요."

어른은 급하지 않아도 된다.

어른의 턴 아웃은

빠르게 벌리는 것보다

천천히 '열리는 것'이 더 아름답다.

그리고 나는 안다.

오늘도 누군가는

거울 앞에서 아주 조금,

손가락 두 마디만큼

자신의 세계를 더 열어냈을 것이다.

그게 바로 성장이다.

그게 바로 발레다.

“천천히 해도 괜찮다.

중요한 건 멈추지 않는 것이다.”

8장

골반은 인생처럼 중심을 잡아야 한다

흔들리지만 결국 돌아오는 곳

발레를 가르치다 보면

가장 많이 외치는 단어 중 하나가 있다.

"골반 잡아요!"

"골반 틀어졌어요!"

"골반이 도망갔어요!"

나는 매번 수업마다

도망가는 골반을 되돌려 세우느라

하루에 열 번은 손바닥을 허공에 대며 시범을 보인다.

그럴 때마다 수강생들은

마치 자신의 골반이 별도의 생명체라도 가진 것처럼

황급히 허리를 펴고, 배를 넣고, 엉덩이를 조인다.

그러면서도 꼭 이런 말을 덧붙인다.

“선생님, 제 골반은 왜 이렇게 제멋대로죠…?”

그 질문이 얼마나 귀엽고 정확한지 모른다.

사실 골반은 어른들의 마음과 참 닮았다.

흔들리고, 기울고, 어느 순간 자기 의지와 다르게 돌아가 있다.

그러다 다시 잡아주면 묘하게 안정된다.

그래서 나는 골반을 '몸의 중심'이라고 말하는 동시에

'삶의 중심'이라고도 말한다.

골반은 생각보다 고집이 세다.

처음 발레를 배우는 사람들은

골반을 '잡는다'라는 개념을 잘 모른다.

대부분은 허리를 꺾거나

엉덩이를 뒤로 빼거나

배를 과하게 집어넣으면서

각자만의 '센터'를 찾으려고 한다.

그러다가 나에게 이렇게 묻는다.

“제가 지금 잡은 거 맞나요…?”

“선생님, 이게 정렬인가요?”

“허리가 아픈데 잘못된 건가요?”

나는 처음 보는 그 몸의 긴장에

웃음이 나면서도 마음이 짠해진다.

사실 어른들의 골반은

오랜 시간 의자에 앉아 일하고,

한쪽 다리에 체중을 실어 서 있고,

가방을 한쪽 어깨에만 메면서

천천히, 아주 천천히 어긋나온 결과다.

그래서 처음 골반을 세우는 일은

삶의 기울어진 무게를 바로잡는 것과 같다.

한 번에 '딱!'하고 잡히는 사람은 없다.

대부분은 기울어진 마음처럼

골반도 천천히, 아주 조금씩 정렬된다.

골반이 흔들릴 때, 마음도 흔들린다.

수강생들의 골반이 흔들리는 순간은 보통 이럴 때다.

피곤할 때,

자신이 잘하지 못한다고 느낄 때,

집중이 흐트러질 때,

거울 속 자신이 마음에 들지 않을 때,

이럴 때 골반은 신기하게도

정확히 현실을 반영하듯 틀어진다.

그러면 나는 이렇게 말해준다.

"골반 다시 잡아볼게요.

몸이 흔들리는 건 마음이 흔들리는 거랑 같아요."

이 말을 들으면

사람들은 잠깐 호흡을 가다듬고,

다리를 다시 세우고,

척추를 올리고,

마음까지 정리된 듯 표정이 달라진다.

그 순간, 나는 늘 생각한다.

발레에서의 정렬은

몸의 문제가 아니라

자기 자신에게 다시 집중하는 과정이라는 걸.

정렬이 잡히는 순간, 어른들은 조용히 강해진다.

골반이 잡히면

척추가 바로 서고,

어깨가 편안해지고,

호흡이 깊어진다.

이건 단순한 자세 교정이 아니라

몸 전체가 '안정'이라는 신호를 보내는 것이다.

어떤 수강생은 이런 말을 했다.

"선생님, 골반이 잘 잡히는 날은

이상하게 자신감이 있어요."

나는 그 말이 참 정확하다고 생각한다.

골반이 정렬된다는 것은

단순히 동작이 예뻐진다는 뜻이 아니다.

몸의 중심이 돌아왔다는 뜻이고,

몸의 중심이 돌아오면

마음의 중심도 자연스럽게 돌아온다.

어른들은 대단한 변화를 통해 강해지지 않는다.

이런 작은 정렬의 순간들이

그들을 조금씩 단단하게 만든다.

골반은 결국 '돌아오는 곳'이다.

골반이 틀어진다고 해서 실패가 아니다.

흔들리는 건 당연하고,

기울어지는 것도 자연스럽다.

중요한 건 다시 돌아올 수 있는가이다.

그래서 나는 수강생들에게 항상 말한다.

"골반은 완벽하게 잡는 게 목적이 아니에요.

흔들리면 다시 돌아오면 돼요.

몸도, 마음도."

당신의 골반이 오늘 조금 흔들렸다고 해서

당신의 삶이 틀어진 건 아니다.

정렬은 원래

백 번 흔들리고 나서야 한 번 잡히는 법이다.

발레에서 가장 아름다운 순간은

완벽한 자세가 아니라

흔들려도 포기하지 않고 다시 중심으로 오는 그 순간이다.

오늘도 누군가는

조금 흔들리고

조금 기울어졌을지 모른다.

하지만 괜찮다.

우리는 모두

다시 중심으로 돌아오는 법을 배우고 있으니까.

“흔들려도 괜찮다. 그 자리에 다시 서면 된다.”

9장

척추가 길어지면 삶도 조금 길어진다

정렬이 주는 묘한 기분

발레를 처음 배우는 사람들이 가장 놀라는 지점 중 하나는

'척추'가 이렇게까지 신경 써야 하는 부분이라는 것이다.

"선생님, 허리가 왜 이렇게 빨리 아파요?"

"척추를 길게 세우라는 게… 정확히 어떤 느낌이죠?"

"저 지금 곧게 선 건가요, 아니면 기울어진 건가요?"

나는 이 질문들이 정말 좋다.

어른들은 보통 하루 중 대부분 시간을

척추를 거의 신경 쓰지 않고 산다.

그저 앉고, 기대고, 구부리고, 버티면서

척추가 어떻게 움직이고 쉬는지 잊어버린다.

하지만 발레를 시작하면

척추는 더 이상 배경이 아니다.

모든 움직임의 중심에 서는 주인공이 된다.

사람은 자신이 얼마나 '작아져 있는지'를 모른다.

첫 수업에서 수강생들을 보면

대부분 척추가 자신도 모르는 사이

조금씩 아래로, 뒤로, 옆으로 기울어져 있다.

어깨에 눌려 있고,

책상에 눌려 있고,

하루의 무게에 눌려 있던 척추는

언제부턴가 조용히 '항복'한 상태로 굳어 있다.

하지만 스튜디오에 서는 순간

그 굴곡이 그대로 드러난다.

나는 말한다.

"척추를 위로 길게 세워볼게요."

그러면 수강생들은

마치 키를 재러 온 초등학생처럼

순간적으로 긴장하며 곧게 선다.

그 모습이 정말 사랑스럽다.

하지만 진짜 변화는 그다음에 온다.

척추가 길어지면

몸이 아주 미세하게 '해방'되는 느낌이 든다.

단지 허리를 펴는 것만으로

가슴이 열리고, 호흡이 깊어지고,

몸 전체가 가벼워진다.

이것은 단순한 운동 효과가 아니다.

오래 눌려 있던 자존과 마음이

같이 일어서는 순간이기 때문이다.

정렬이 잡히면 마음이 수평이 된다.

발레에서 말하는 '정렬(alignment)'은

그저 예쁘게 서는 기술이 아니다.

몸의 각 부분이

'자기가 있어야 할 자리'에 놓이는 순간이다.

골반은 중심을 잡고,

척추는 위로 길게 뻗고,

어깨는 내려가고,

목은 자유로워지고,

이 모든 것이 동시에 맞아 들어가면

몸은 갑자기 안정된다.

그러면 수강생들은 이렇게 말한다.

"왜인지 모르겠는데… 기분이 좋아요."

"선생님, 몸이 편안해요."

"숨이 더 잘 들어가요."

그건 우연이 아니다.

정렬은 몸의 통증을 줄여줄 뿐 아니라

마음의 불안을 낮춰주는 효과가 있다.

몸이 제자리를 찾으면

마음도 제자리를 찾는다.

몸이 균형을 잡으면

생각도 균형을 잡는다.

이 단순한 진실을

발레는 아주 우아하게 보여준다.

척추가 길어진다는 것은, 자신을 다시 들어 올린다는 뜻이다.

어른들은 살아가면서

자신도 모르게 조금씩 '사라지는 자세'를 한다.

타인의 말에 작아지고

일의 스트레스에 구부러지고

책임의 무게에 눌리고

비교 속에 작아지고

그러다 어느 순간

자기 자신에게도 작아진다.

발레의 동작 중

가장 빛나는 순간은 '기립'이다.

그냥 서는 것이지만

그 안에 모든 것이 담겨 있다.

척추를 길게,

가슴을 열고,

무릎을 펴고,

지면을 단단히 디디고,

머리는 하늘을 향해 세운다.

이 순간 사람들은 무의식적으로

자기 자신을 들어 올린다.

삶이 조금 더 길어지는 느낌,

하루가 조금 더 넓어지는 느낌,

내가 생각보다 더 강한 사람이라는 확신.

척추의 방향이 바뀌면

삶의 방향도 살짝 바뀐다.

오늘도 누군가는 조용히 자신을 다시 세웠을 것이다.

수업이 끝날 무렵,

사람들의 걸음은 조금 달라진다.

어깨가 펴져 있고

시선이 정면을 향해 있고

척추가 여전히 길다.

나는 그 모습을 볼 때마다

조용한 감격을 느낀다.

그저 1시간 동안

척추를 길게 세웠다는 사실 하나만으로도

사람은 이렇게 달라질 수 있다는 것을

나는 현장에서 매일 본다.

그리고 나는 안다.

오늘도 누군가는

작게라도 자신을 다시 세웠다는 걸.

그리고 내일도

그 사람은 조금 더 기웃거리다

다시 곧게 설 수 있을 거라는 걸.

척추가 길어진다는 것은

그 사람이 다시

자기 삶의 중심에 서겠다는 선언이니까.

“약해질수록 더 섬세해지는 감정들이 있다.”

10장

플리에에서 모든 것이 드러난다

힘, 습관, 성격까지

발레를 처음 배우는 사람들에게

가장 '쉬워 보이지만 가장 어려운' 동작이 있다.

바로 플리에다.

겉으로 보면

그저 무릎을 굽혔다 펴는 동작일 뿐이지만

나는 누구보다 잘 안다.

플리에는 인간의 모든 것이 드러나는 동작이라는 걸.

힘의 분배, 몸의 습관, 호흡의 방식, 긴장의 패턴,

그리고 심지어 성격까지.

그래서 나는 항상 말한다.

"플리에는 동작이 아니라, 성향이에요."

플리에를 할 때, 가장 먼저 드러나는 건 '조급함'이다.

어떤 수강생은

무릎을 굽히기도 전에

마음부터 내려간다.

부드럽게 내려가야 하는데

쑥— 하고 내려가고

올라올 때는 거의 당겨 올리듯이 올라온다.

초보들이 자주 하는 실수지만

이건 단순한 기술의 문제가 아니다.

조급한 성향, 빨리 잘하고 싶은 마음,

실수를 인정하기 싫은 태도가

고스란히 드러난다.

나는 말한다.

"조급하면 힘이 풀릴 수가 없어요.

천천히 내려가 볼게요."

그럼에도 불구하고

사람들은 또 급하게 내려간다.

그게 너무 귀여워서 나는 매번 웃음이 난다.

어른들은 늘

'빨리 잘하는 것'에 익숙해져 있다.

하지만 플리에는

'빨리'가 아니라 '정확히'가 중요한 동작이다.

힘이 좋은 사람들은, 이상하게 더 힘을 쓴다.

또 다른 유형의 사람들도 있다.

근력이 좋은 사람들.

운동 경력이 많거나

체력이 좋은 분들은

플리에를 할 때 꼭 힘으로 해결하려 한다.

무릎을 굽히면서

대퇴근, 종아리, 엉덩이가

모든 힘을 '최대치'로 쓰기 시작한다.

그러다가 결국

무릎이 떨리고

호흡이 흐트러지고

팔은 어느새 경직된 '각 잡힌 팔'이 된다.

그럴 때 나는 말한다.

"플리에는 힘으로 열심히 하는 동작이 아니라,

힘을 뿌리까지 연결하는 동작이에요."

이 말을 들은 수강생들은

잠시 이해한 듯하다가

다시 열심히 힘을 쓴다.

그 모습이 얼마나 귀여운지

정말 말도 못 한다.

하지만 그 진심을 알기에

나는 더욱 부드럽게 이끈다.

플리에는 결국 '습관'이 드러나는 동작이다.

어떤 사람은

종아리에 힘이 먼저 들어간다.

어떤 사람은

허리가 먼저 꺾인다.

또 어떤 사람은

배가 앞으로 빠지고

다리는 뒤로 물러난다.

이것은 운동 능력이 아니라

그 사람이 평소 어떤 몸 습관으로 살아왔는지를 보여준다.

의자에 오래 앉아 살았던 사람은

허리가 먼저 반응하고,

한쪽 다리에 체중을 실어 서던 사람은

플리에 할 때도 그 다리로 기운다.

그걸 보면서 나는 마음속으로

그 사람의 하루를 조용히 떠올린다.

어떤 환경에서 일하고,

어떤 리듬으로 하루를 보내고,

어떤 긴장 속에서 살아왔는지를

몸이 그대로 말해주기 때문이다.

그래서 플리에는

내게는 '몸의 스토리'를 읽는 동작이다.

사람들의 삶이

아주 조용히 드러나는 순간.

그러나 플리에에서 가장 아름다운 건,

'일어나는 순간'이다.

플리에는

내려가는 동작보다

올라오는 동작이 더 중요하다.

무릎을 굽히고 내려갈 때

사람들은 불안해한다.

힘이 풀릴 것 같고

균형을 잃을 것 같기 때문이다.

하지만

플리에에서 올라오는 순간은 다르다.

몸이 위로 돌아오는 그 짧은 찰나에

사람들은 자신의 중심을 다시 찾는다.

마치 하루를 살아낸 뒤

집으로 돌아오는 것처럼.

나는 수업할 때 종종 말한다.

"플리에에서 일어날 때, 지금의 나보다 조금 더 우아해져 보세요."

그리고 그 모습을 보면 항상 가슴이 묘하게 찡해진다.

사람들은 올라오는 순간 누가 시키지 않아도 자기를 조금 더 곧게

세운다.

그리고 나는 그때마다 확신한다. 사람은 결국 자신을 일으켜 세우는 존재라는 걸.

그래서, 플리에 속엔 모든 것이 담겨 있다.

힘이 어떻게 쓰이는지, 몸의 습관이 어디에 있는지,

자신을 얼마나 믿는지, 내려갈 때 어떻게 받아들이는지,

올라올 때 얼마나 우아해지고 싶은지.

플리에는 단순한 기본 동작이 아니라 사람의 마음을 보여주는 움직임이다.

그래서 나는 오늘도 수업에서 플리에를 가장 오래, 가장 중요하게 가르친다.

그리고 수강생들이 힘겹게 내려갔다가 조금 더 우아하게 올라오는 모습을 볼 때마다

나는 속으로 이렇게 말한다.

'그래, 이 사람이 성장하고 있구나.'

플리에 안에는 사람의 성장, 태도, 용기, 변화, 그리고 삶의 방식이 모두 담겨 있다.

그리고 나는 그 모습을 바라보며 매일 감동한다.

“플리에는 내려갈 때의 태도와
일어설 때의 마음을 드러낸다.”

11장

균형은 한순간에 잡히지 않는다

넘어지면서 배우는 것들

발레에서 가장 단순해 보이면서 사실 가장 어려운 것은 균형(balance)
이다.

한쪽 다리에 서는 순간, 사람들은 본인의 예상보다 훨씬 많이 흔들린다.

그 흔들림을 처음 경험한 수강생들의 표정은 언제 봐도 귀엽다.

"어? 왜 이렇게 흔들리지…?"

"선생님, 저 원래 평형감각 좋은데 오늘만 이런 거죠?"

"제가 이렇게 불안정한 사람이었나요…?"

그 말을 들을 때마다 나는 마음속으로 미소 짓는다.

왜냐하면 나는 알고 있으니까.

사람의 균형은 몸의 문제가 아니라 마음의 패턴이라는 걸.

균형을 잃는 건 실패가 아니라 '사실'이다.

바쁜 일상 속에서 이리 치이고 저리 치이며 살아온 몸은 이미 수없이 흔들려 있다.

어른들의 중심은 흔들리는 데 익숙하다.

생각보다 더 쉽게 균형을 잃고,

생각보다 더 빨리 불안해진다.

하지만 수강생들은 균형이 흔들리는 자신의 모습을 보면

마치 큰 잘못이라도 한 것처럼 부끄러워한다.

"선생님, 죄송해요… 자꾸 넘어져요." 이 말을 들을 때마다

나는 부드럽게 웃으며 대답한다.

"넘어지는 건 당연해요.

안 흔들리는 게 이상한 거예요."

이 말에 수강생들은

조금 안도하며 웃는다.

하지만 사실 이건 정말 진심이다.

균형은 '성공'하는 게 아니라

계속 재조정하는 과정이기 때문이다.

사람마다 흔들리는 방식이 다르다.

균형을 잡으려는 사람들을 보면

각자의 삶이 그대로 드러난다.

완벽주의 성향의 사람은

흔들린 순간 급하게 멈추려 한다.

하지만 멈추려는 순간 더 크게 흔들린다.

조급한 사람은

흔들리기 시작하면

당황해서 동작을 포기한다.

용기가 큰 사람은

흔들리더라도 끝까지 버티며

중심이 돌아오길 기다린다.

재미있는 건,

이 세 가지 유형은

현실에서도 똑같이 나타난다는 사실이다.

누군가의 균형을 보면

그 사람의 마음이 보인다.

그 사람의 삶의 속도가 보이고,

불안의 패턴이 보인다.

그래서 나는

균형을 가르치는 시간을 특히 좋아한다.

사람을 가장 깊이 이해할 수 있는 순간이기 때문이다.

균형은 '잡는 것'이 아니라 '돌아오는 것'이다.

균형 수업에서 내가 가장 자주 말하는 문장이 있다.

"흔들려도 돼요.

대신 다시 돌아오면 돼요."

사람들은 흔들림 자체를 실패로 생각한다.

하지만 균형의 본질은

흔들린 뒤 다시 중심으로 돌아오는 능력이다.

이건 발레뿐 아니라

삶에서도 똑같이 적용되는 원리다.

어떤 하루는 허리가 기울어지고,

어떤 날은 마음이 쏠아지고,

어떤 날은 신경이 곤두설 때도 있다.

하지만 다시 중심으로 돌아올 수 있다면,

우리는 무너지지 않는다.

균형이란

한 번에 완벽해지는 것이 아니라

백 번 흔들리고

백 번 돌아오는 과정이다.

어른의 균형은 흔들림 속에서 만들어진다.

한 수강생은 첫 수업에서

한쪽 다리로 서자마자 당황해서 말했다.

"저… 이 정도로 중심이 없었나요?"

나는 부드럽게 웃으며 대답했다.

"아니요.

중심은 이미 있어요.

단지 오랫동안 잊고 있었던 것뿐이에요."

균형은 원래부터 없던 게 아니다.

살아내느라, 버티느라, 책임지느라

잠시 잃어버린 능력일 뿐이다.

그래서 발레는

잊고 있던 중심을

조용히 깨우는 역할을 한다.

조금씩 흔들리다 보면

어느 날 갑자기 몸이 기억해낸다.

'아, 내가 원래 이렇게 서는 사람이었지.'

그 순간 사람들은

거울 속 자신의 모습을 보며

조용히 미소 짓는다.

넘어져도 괜찮다.

다시 일어설 수 있다면,

그게 진짜 균형이다.

발레를 하며

균형을 못 잡아 웃다가,

넘어질 것 같아 허둥대다가도

사람들은 결국 일어선다.

그리고 일어서는 순간,

나는 매일 감동한다.

오늘도 누군가는

균형을 잃었지만

조금 더 단단하게 중심을 찾았을 것이다.

흔들리는 건 어른의 삶에서

너무나 자연스러운 일이다.

중요한 건

흔들림이 아니라

돌아올 수 있다는 확신이다.

그리고 발레는

그 확신을 매일 조금씩 더 키워준다.

"넘어지기보다 다시 균형을 찾는 과정이
우리를 더 단단하게 한다."

12장

내려놓아야 올라간다: 성인의 스트레칭

힘을 빼는 것이 가장 어려운 이유

발레를 시작한 어른들이 가장 당황하는 순간은

놀랍게도 '힘을 빼라'라는 말을 들을 때다.

"선생님… 힘을 어떻게 빼나요?"

"저 지금 힘 뺀 거예요."

"힘 빼면 다리가 아예 안 올라가는데요…?"

이 말들을 들을 때마다 나는 속으로 웃는다.

왜냐하면 힘을 빼는 것은 어른들이 가장 못하는 일이라는 걸

나는 너무 잘 알고 있기 때문이다.

어른들은 이미 오래전에

'힘을 줘야 버틸 수 있는 삶'을 살아왔다.

그래서 발레에서조차

힘을 놓는 일이 낯설고 무섭다.

어른들은 '힘을 준 채 스트레칭'하는 독특한 재능을 갖고 있다.

나는 스트레칭 수업을 할 때마다

한 가지 장면을 정말 자주 본다.

어깨에 힘을 꽉 준 채 상체를 숙이고 있는 사람,

발목에 힘을 넣은 채 종아리를 늘리려는 사람,

손가락 끝까지 잔뜩 힘을 주고 버티는 사람.

그러다 나는 말한다.

"어깨… 지금만큼만 내려볼까요?"

"손힘 완전히 빼볼게요."

"발목 힘 풀면… 더 올라가요."

그러면 사람들은 놀란 표정으로 말한다.

"선생님, 힘을 빼면 무너질 것 같아요."

"버티고 있어야 스트레칭 되는 거 아닌가요?"

하지만 사실은 그 반대다.

힘을 준 몸은 절대 늘어나지 않는다.

힘을 뺀 몸만이 길어진다.

이건 단순한 스트레칭의 원리가 아니라

삶의 원리와도 같다.

힘을 빼지 못하는 건 '마음이 경계 중'이라는 뜻이다.

어떤 수강생이 이렇게 말했다.

"선생님, 저는 힘을 빼면

내가 느슨해지는 것 같아서 불안해요."

나는 그 말이 얼마나 정직한지 안다.

어른들은

'힘을 빼는 순간 문제가 생길 것'이라는

오랜 경험 속에서 살아왔다.

그래서 몸도 마음도

항상 긴장 상태로 있다.

일을 놓으면 안 될 것 같고

감정을 내려놓으면 무너질 것 같고

책임을 내려두면 누군가 다칠 것 같고

이런 마음의 패턴이

몸에도 똑같이 새겨져 있다.

힘을 빼야 하는 순간에도

몸은 자동으로 '버티기 모드'를 켠다.

그게 훈련된 성인의 생존 방식이기 때문이다.

그래서 나는

힘을 빼지 못하는 사람들에게

조금 더 부드럽게 말한다.

"힘을 빼는 건… 무너지는 게 아니에요.

당신의 몸을 다시 믿어보는 거예요."

힘을 빼면 비로소 '진짜 힘'이 생긴다.

스트레칭 중,

내가 가장 좋아하는 순간은

사람들이 자신도 모르게

"아…." 하고 길게 숨을 내쉬는 순간이다.

그 짧은 숨소리 속에는

힘이 풀리는 소리가 있다.

마음이 느슨해지는 소리가 있다.

몸이 길어지는 소리가 있다.

그리고 그 순간,

동작은 달라진다.

어깨가 내려가고,

척추가 길어지고,

종아리는 부드럽게 늘어지고,

엉덩이 뒤쪽의 뻣뻣함이

기적처럼 풀린다.

그제야 사람들은 깨닫는다.

"어? 힘을 빼니까 더 올라가요?"

"이게 맞는 느낌이었어요?"

맞다.

힘을 빼야 비로소 올라간다.

성이 쌓여가는 모든 과정이 그렇듯

몸도 마음도

불필요한 힘을 빼야만

제 자리로 올라간다.

어른에게 가장 어려운 건 '잘하려는 마음'을 잠시 내려놓는 일

완벽하게 하고 싶은 마음,

누군가보다 잘하고 싶은 마음,

오늘은 잘해야 한다는 마음.

어른들을 가장 뻣뻣하게 만드는 건

근육이 아니라

과한 성실함과 책임감이다.

하지만 스트레칭에서만큼은

이 마음이 방해가 된다.

힘을 주고 버티는 건 열심히 하는 게 아니다.

열심히 하는 척하는 것에 가깝다.

진짜 '열심'은

힘을 덜고,

호흡을 깊게 하고,

움직임을 느끼는 것이다.

그래서 나는 오늘도

스트레칭 할 때 꼭 이렇게 말한다.

"조금 더 내려놓아도 괜찮아요.

당신의 몸은 생각보다 훨씬 잘 버티고 있어요."

힘을 뺀 순간, 마음도 길어진다.

어른들의 스트레칭은

단순히 몸을 늘리는 과정이 아니다.

마음을 풀어내는 과정이다.

힘이 빠져야

숨이 길어지고

숨이 길어져야

감정이 정리된다.

마음을 정리하는 가장 쉬운 방법은

몸에서 힘을 빼는 것이다.

오늘도 나는 수강생들을 보며

그 사실을 다시 확인한다.

힘을 빼는 순간

몸은 길어지고,

마음은 가벼워지고,

사람은 조금 더 우아해진다.

내려놓는다는 건

포기가 아니라

조금 더 멀리 가기 위한 준비라는 걸

어른들은 발레에서 배워간다.

"숨 하나에도 마음이 풀리는 날이 온다."

13장

내 몸이 나에게 보내는 작은 신호들

근육의 말, 호흡의 말

사람들은 발레를 시작하면

몸이 갑자기 '말이 많아진다'라는 걸 경험한다.

"선생님, 종아리가 오늘따라 딱딱해요."

"엉덩이가 저 혼자 화나요…."

"왼쪽만 유독 말 안 듣는데 이유가 있나요?"

"왜 저는 숨을 들이마시는 게 더 어렵죠?"

그 질문들을 나는 정말 좋아한다.

왜냐하면 그 질문은

몸이 드디어 말을 시작했다는 뜻이기 때문이다.

평소엔 단순한 피로로 치부했던 감각들이

발레를 하며 비로소 '언어'를 갖기 시작한다.

몸은 늘 말하고 있었지만,

우리가 못 들었을 뿐이다.

어른들은 대체로 몸의 신호를

'약간 불편한 것' 정도로만 여긴다.

그리고 그 불편함에도

익숙해져 버린다.

허리가 뻐근하면 의자 탓을 하고

다리가 무겁다면 나이 탓을 하고

어깨가 아프면 스트레스 탓을 한다.

하지만 발레를 시작하면

그 뻐근함·무거움·당김에

이름이 생긴다.

허리가 아픈 건

골반이 앞으로 치우친 신호,

다리가 무거운 건

근육을 '쓰지 않고 버텨온' 습관의 결과,

어깨가 아픈 건

호흡이 얕아졌다는 메시지다.

몸을 쓴다는 건

근육을 움직인다는 뜻이 아니라,

몸이 보내는 말을 알아듣기 시작한다는 뜻이다.

근육은 정직하지만, 표현이 서툴다.

수강생들이 자주 말한다.

“오늘은 이상하게 왼쪽이 더 아파요.”

“왜 한쪽만 힘들어요?”

“왜 오른쪽이 말을 안 듣죠?”

이 질문들은 정말 정확한 관찰이다.

사람의 몸은 절대 대칭이 아니다.

오른쪽은 하루를 ‘밀어온’ 쪽이고,

왼쪽은 하루를 ‘받아낸’ 쪽이다.

그리고 근육이 아프다는 건

“여기 좀 봐주세요.”

“저는 지금 이만큼 일했어요.”

라는 아주 단순하면서 정직한 신호다.

근육은 거짓말을 하지 않는다.

대신 표현이 서툴러서

아픔이나 당김, 뻐근함으로만 ‘말할 수’ 있을 뿐이다.

그래서 나는 수업할 때

근육이 보내는 언어를 번역하는 사람처럼

이렇게 말해준다.

“왼쪽이 더 아픈 건

오른쪽이 그동안 일을 몰아서 했기 때문이에요.”

그러면 사람들은 고개를 끄덕이며 말한다.

“아… 제 몸이 그동안 고생했네요.”

그렇다.

몸은 늘 우리보다 먼저 삶을 견디고 있었다.

호흡이 말해주는 '감정의 방향',

호흡은 근육보다 더 솔직한 언어다.

불안하면 호흡이 짧아지고

긴장하면 가슴이 굳고

걱정이 많으면 배가 딱딱해진다.

그래서 나는 플리에나 스트레칭을 할 때

수강생들의 '숨'을 가장 먼저 본다.

"선생님, 숨이 잘 안 들어가요."

라고 말하는 사람들은

동작이 어려운 게 아니라

감정이 꽉 차 있는 경우가 더 많다.

숨은 마음의 모양을 닮았고,

마음은 호흡을 따라 움직인다.

그래서 나는 항상 말한다.

"호흡 먼저 열어볼게요.

숨이 들어가면 동작은 자연스럽게 따라와요."

이 말을 따라

사람들이 길게 숨을 들이마시는 순간,

나는 그들의 어깨가

눈에 띄게 내려가는 걸 본다.

그 5㎝의 변화 안에

그들의 하루가 담겨 있다.

몸의 신호는 귀찮은 게 아니라,

'돌아오라'라는 초대장이다.

근육통도, 뻐근함도, 당김도,

사실은 모두 몸이 보내는 메시지다.

"지금 좀 쉬고 싶어요."

"조금만 천천히 가요."

"이 자세 너무 오래 했어요."

"나도 예쁘게 쓰이고 싶어요."

이 작은 신호들을 무시하지 않고

귀 기울이는 순간

몸은 놀라울 정도로 빨리 회복한다.

어떤 수강생은 이렇게 말했다.

"선생님, 제 몸이 이렇게 다양한 말을 한다는 걸

처음 알았어요."

나는 그 말이 참 좋았다.

왜냐하면 발레는

몸을 '바꾸는 운동'이 아니라

몸의 소리를 '듣는 운동'이기 때문이다.

그래서 나는 오늘도 수강생들에게 말한다.

"당신의 몸이 오늘 어떤 말을 하는지

천천히 들어보세요."

몸은 늘 말하고 있었고,

우리가 이제야 그 목소리를 들어주기 시작한 것뿐이다.

그리고 그 목소리를 듣기 시작하는 순간부터

사람의 몸과 삶은 조금씩 변한다.

왜냐하면

몸을 들을 수 있는 사람은

자기 마음도 들을 수 있는 사람이기 때문이다.

오늘도 수강생들은

저마다의 방식으로 몸의 말을 듣고

조용히 성장하고 있다.

그 모습이 참 아름답다.

어쩌면 성인의 발레는

이 섬세한 대화를 회복하는 과정인지도 모른다.

“발레는 몸을 바꾸는 일이 아니라,

그동안 들리지 않던

몸의 말을 다시 듣게 만드는 시간이다.”

14장

'안 되는 날'이 중요한 이유

발레를 가르치다 보면

수강생들이 가장 크게 한숨 쉬는 날이 있다.

"선생님, 오늘은 왜 이렇게 안 돼요?"

"어제는 잘 됐는데… 오늘은 몸이 말이 아니에요."

"저 오늘 상태 완전 바닥이에요."

나는 그 말을 들을 때마다

속으로 미소를 짓는다.

왜냐하면 나는 알고 있기 때문이다.

'안 되는 날'이 바로 진짜 되는 날을 데려오기 시작하는 시간이라는 걸.

몸은 생각보다 민감하고,

생각보다 충직하지 않다.

사람들은 자신의 몸이

늘 일정하게 움직여줄 거로 생각한다.

기분 좋았던 날처럼,

유난히 잘됐던 날처럼,

그 상태로 매일 움직여주길 바란다.

하지만 몸은 기계가 아니다.

전날 짠 음식을 먹었는지,

잠을 제대로 잤는지,

스트레스가 쌓였는지,

생리 주기인지,

감정이 뒤섞였는지

이 작은 요인들이

몸의 움직임을 1mm씩 바꾼다.

그리고 그 1mm가

발레에서는 대혼란으로 느껴진다.

오늘은 플리에가 이상하고,

턴 아웃이 안 벌어지고,

균형이 무너지고,

스트레칭도 뻣뻣해진다.

그러면 사람들은 자신을 탓한다.

"나는 역시 안 되나 봐…."

"내가 더 못해진 거 아닐까?"

그 마음을 이해한다.

어른들은 '퇴보'에 너무 민감하다.

하지만 사실, 이건 퇴보가 아니다.

그저 몸이 오늘의 상태를 솔직하게 보여주는 것뿐이다.

안 되는 날,

몸은 '나 지금 이런 상태예요' 하고 말한다.

나는 안 되는 날의 몸을

보호 본능으로 여긴다.

피곤하고, 긴장하고, 예민한 상태에서

몸은 자신을 지키기 위해

움직임을 최소화한다.

턴 아웃이 더딘 것도,

플리에가 무거운 것도,

균형이 흔들리는 것도

몸이 나를 지키기 위한 자율적인 반응이다.

그리고 이것은 중요한 정보다.

"지금 나 조금 힘들어요."

몸은 이렇게 말하는데

우리는 보통 그 말을 못 듣는다.

발레는 그 말을

가장 빨리 들을 수 있게 해준다.

안 되는 날을 겪어야

되는 날이 얼마나 소중한지 안다.

의외로

발레를 오래 하는 사람일수록

안 되는 날을 별로 두려워하지 않는다.

왜냐하면 그들은 경험으로 알기 때문이다.

안 되는 날이 있어야

되는 날이 찾아온다는 걸.

한 수강생은 이렇게 말한 적이 있다.

"선생님, 안 되는 날이 지나고 나면

꼭 그다음 주에 하나가 '탁' 풀리더라고요."

맞다.

몸은 그런 식으로 성장한다.

고르게 늘지 않고,

조금씩 쌓이다가,

어느 날 갑자기 변한다.

그 '갑자기'는

사실 수많은 안 되는 날들의 누적이다.

그래서 나는 수강생들에게 말한다.

"지금 이 느린 하루가

당신을 가장 크게 성장시키는 중이에요."

안 되는 날의 마음은

사람의 본심을 보여준다.

안 되는 날, 사람들은

자신에게 가장 솔직해진다.

"이런 날은 그냥 포기하고 싶어요."

"오늘은 나 자신이 미워요."

"왜 저는 이렇게 답답하죠?"

그 말 안에는

'나는 잘하고 싶은 사람입니다'라는

아주 단단한 진심이 숨어 있다.

나는 그 마음을 너무 좋아한다.

왜냐하면 성장하고 싶은 사람만

안 되는 날을 견딜 수 있기 때문이다.

어제 잘됐다고 오늘도 잘될 필요는 없다.

오늘 안 됐다고

어제의 성장이 사라지는 것도 아니다.

몸의 변화는 선형이 아니라

곡선이다.

들쭉날쭉하고

삐죽거리고

갑자기 내려갔다가

갑자기 치고 올라온다.

그 곡선을 버티는 사람이

계속 성장한다.

그래서 나는 안 되는 날의 수업을

가장 따뜻하게 한다.

안 되는 날을 맞닥뜨린 사람에게

나는 조금 더 따뜻해진다.

동작을 천천히 알려주고,

호흡을 길게 잡아주고,

작게라도 되는 부분을 함께 찾아준다.

그리고 마지막에는 꼭 이렇게 말한다.

"오늘이 있었기 때문에

내일이 더 잘될 거예요."

그 말은 진심이다.

수백 명의 수강생을 보면서

나는 이 사실을 확신하게 됐다.

안 되는 날은 모든 성장의 그림자다.

그늘이 있어야 줄기가 자란다.

오늘도 누군가는

작은 좌절을 겪었겠지만

그 좌절이 내일의 성장 한 칸을 미리 준비했을 것이다.

그리고 나는 그 여정을

가장 가까운 자리에서 지켜보고 있다.

"가끔은 이유 없이 울컥해도 괜찮다."

어른들은 발레를 배우면서
마음이 달라진다

동작 너머의 세계를 읽는 발레 마스터의 시선

15장

어른의 마음은 움직임 안에서 솔직해진다

컴다운 스트레칭 때 찾아오는 작은 고요

수업이 끝나고 마지막 음악이 천천히 흐를 때,

나는 언제나 같은 장면을 본다.

수강생들이 바닥에 조용히 누워

다리를 쭉 뻗고,

팔을 살짝 벌리고,

가슴을 열어 둔 채

천천히 호흡하는 그 순간.

이때 사람들의 표정은

수업 내내 보이던 표정과 전혀 다르다.

처음 수업을 시작할 땐

긴장,

비교,

조급함,

잘하고 싶은 마음,

이런 감정들이 얼굴에 그대로 묻어 있다.

하지만 마지막 스트레칭이 시작되면

그 표정들이 하나둘 사라진다.

그리고 남는 것은

어떤 방어적 태도도 없는, 아주 솔직한 얼굴.

나는 이 순간을 가장 사랑한다.

어른들이 가장 솔직해지는 때는

말을 할 때도, 고민을 털어놓을 때도 아니라

몸을 바닥에 내려놓는 순간이라는 걸

오랜 시간 가르치며 깨달았다.

움직임은 마음의 보호막을 살짝 걷어낸다.

하루 종일 긴장된 어깨를 세우고

사람들의 말에 반응하고

상황을 처리하며 달려온 마음이

발레 수업이 끝날 때쯤이면

조금씩 녹아내린다.

어른의 마음은 원래

쉽게 열리는 구조가 아니다.

상처도, 경험도, 책임도 크고 많기 때문이다.

하지만

플리에로 무릎을 굽히고,

턴 아웃으로 몸을 열고,

균형 잡으며 중심을 찾는 과정을 반복하면

마음도 조용히 열리기 시작한다.

몸이 먼저 열린 자리에

마음이 뒤늦게 따라 들어오는 것이다.

그 과정이 정말 섬세하고 아름답다.

마지막 스트레칭에서 사람들은 가장 조용해진다.

"숨 깊게 마실게요—

천천히, 더 깊게….”

이 말을 하면

수강생들은 눈을 감고

가슴을 천천히 올리고 내린다.

이때 나는

그들의 호흡에서

오늘 하루의 감정들이 조금씩 빠져나가는 걸 본다.

아침에 들었던 불편한 말,

마음에 남아 있던 사소한 상처,

머릿속을 떠나지 않던 일들,

숨기고 싶었던 불안과 걱정

이 모든 감정이

호흡 사이에 천천히 녹아내린다.

발레는 근육을 쓰는 운동이지만

마음을 '정화'하는 운동이기도 하다.

움직임이 끝난 자리에서

비로소 마음이 쉬기 시작한다.

나는 수강생들의 고요한 호흡을 보며

매번 느낀다.

"어른들도 이렇게 쉬고 싶었구나."

움직임 안에서는

말보다 정확한 마음이 드러난다.

사람들은 말로는 감정을 속일 수 있다.

웃으며 "괜찮아요."라고 말해도

몸은 금방 알아챈다.

플리에가 무거운 날은

마음도 무겁다.

턴 아웃이 자꾸 닫히는 날은

마음에 여유가 없다.

균형이 이상하게 흔들리는 날은

신경이 예민해져 있다.

스트레칭이 더딘 날은

마음이 단단히 닫혀 있다.

몸은 절대 거짓말을 하지 않는다.

그래서 나는 가끔

수강생들이 아무 말도 하지 않아도

그 사람이 어떤 하루를 보냈는지

몸을 보는 것만으로 알 수 있다.

사람들은 움직임 속에서

자기 마음의 형태를 처음 마주하기 때문이다.

어른의 마음은 움직임 속에서

조금씩, 천천히 회복된다.

수업 마지막에

바닥에 등을 대고 누워

가볍게 눈을 감고 있는 수강생들을 보면

나는 거의 매번

'아, 이 순간만큼은 다 괜찮구나.'

하고 느낀다.

누군가는 오늘 하루 마음이 복잡했고,

누군가는 지쳤고,

누군가는 울고 싶었을지도 모른다.

하지만 움직임을 마치고

호흡을 가다듬는 지금,

그들의 마음은

잠시나마 아무것도 지지 않고 있다.

발레는 단순히

근육을 예쁘게 만드는 운동이 아니다.

마음이 안전하게 내려앉을 곳을 만드는 운동이다.

이 마지막 고요 속에서

사람들은 가장 솔직해지고,

가장 편안해지고,

가장 자기다운 얼굴이 된다.

나는 그 얼굴을 볼 때마다

오늘도 누군가의 마음이

아주 조금은 회복됐다는 것을 느낀다.

“어른의 마음은 자주 피곤하지만,

다시 피어날 힘도 있다.”

16장

비교의 순간, 마음이 가장 흔들릴 때

같은 거울을 보지만, 서로 다른 싸움을 하고 있다

발레 스튜디오에서

가장 많은 감정이 오가는 공간은 거울 앞이다.

거울은 몸을 비추는 곳이 아니라

마음을 드러내는 스크린에 가깝다.

그래서일까,

수강생들이 가장 자주 하는 말 중 하나가 있다.

"선생님, 저 옆 친구 너무 잘하죠…?"

"저 혼자만 굳은 것 같아요."

"왜 저만 이렇게 느린 거죠?"

이 말들을 들을 때마다

나는 웃으면서도 마음이 조금 아프다.

왜냐하면 나는 알고 있기 때문이다.

거울 속 사람들은 모두

각자 전혀 다른 싸움을 하는 중이라는 걸.

어른들이 비교에 더 약한 이유

아이들은 비교해도 금방 잊는다.

하지만 어른들은 그렇지 않다.

어른의 비교는

자존심과 경험과 책임이 모두 얽혀 있다.

잘해야 한다는 압박,

뒤처지면 안 된다는 조급함,

누군가는 이미 잘하는 모습,

나는 오래 쉬었던 시간.

이런 생각들이

발목을 잡고, 마음을 흔들고, 집중을 흐린다.

발레는 비교가 거의 불가능한 운동인데도

거울 앞에 서는 순간

사람들은 자신도 모르게

남의 움직임과 자신의 움직임을 대조한다.

하지만 사실,

그 비교는 애초에 성립되지 않는다.

왜냐하면

사람마다 몸의 역사, 감정의 무게, 생활의 리듬이 모두 다르기 때문.

거울 속에서 보이는 것은 '실력'이 아니라 '상태'다.

나는 수강생들에게 자주 말한다.

"지금 잘하고 못하는 건 실력이 아니라 상태예요."

어떤 날은

몸이 가볍고 턴 아웃이 잘 되는 사람도,

어떤 날은

전혀 움직이지 않을 때가 있다.

반대로

평소엔 잘 되지 않던 사람이

갑자기 균형을 멋지게 잡아낼 때도 있다.

그 모든 것은

단 하루의 상태를 반영한 것뿐이다.

그래서 나는 비교가

너무나 부정확한 기준이라는 걸 안다.

거울 속 두 사람은

같은 동작을 하고 있어도

전혀 다른 하루를 지나왔다.

한 사람은 오늘 괜찮은 날이고

한 사람은 오늘 힘든 날일 수도 있다.

이건 실력의 차이가 아니다.

그냥 상태의 차이일 뿐이다.

비교하는 사람의 시선은 항상 '자기 자신'에게 더 가혹하다.

비교를 하는 사람들의 말에는

특징이 하나 있다.

다른 사람을 과하게 높이고,

자기 자신을 과하게 낮춘다.

"저분은 정말 잘하시네요…."

"저는 오늘 왜 이래요…."

"몸이 너무 둔해요…."

나는 이런 말을 들으면

항상 부드럽게 대답한다.

"그분은 그분의 싸움을 하는 중이고,

당신은 당신의 싸움을 하는 중이에요."

저 사람이 잘하는 이유는

그 사람의 몸이, 그 사람의 생활이, 그 사람의 하루가

오늘 잘 맞아떨어졌기 때문일 수도 있다.

하지만 당신의 오늘은

더 어렵고 더 무겁고 더 복잡한 하루였을 수 있다.

그걸 모르고 비교하는 건

너무나 가혹한 일이다.

비교 대신 '나의 흐름'을 보는 순간,

발레는 완전히 달라진다.

어떤 수강생이

비교로 힘들어하던 시기를 지나

문득 이런 말을 했다.

"선생님, 어느 순간부터

거울 속 옆 사람 보는 시간이 줄었어요.

저만 보게 됐어요.

그랬더니 발레가… 더 편해졌어요."

나는 그 말이 얼마나 반가웠는지 모른다.

비교를 멈춘 사람들은

진짜로 달라진다.

호흡이 편안해지고,

동작이 부드러워지고,

집중이 깊어지고,

표정이 밝아진다.

그 순간부터 발레는

누군가와의 경기나 경쟁이 아니라

나만의 흐름을 찾는 여행이 된다.

비교를 멈추는 순간,

움직임은 비로소 자유로워진다.

그래서 나는 수강생들에게 말한다.

"비교는 원래 흔들림이에요.

흔들릴 수 있어요.

다만… 그 흔들림에서 너무 오래 머물 필요는 없어요."

비교는 누구나 한다.

하지만 거기에 빠져버리는 건

너무도 아까운 일이다.

왜냐하면 발레는

남보다 잘하는 운동이 아니라

오늘의 나를 조금 더 사랑하게 되는 운동이기 때문이다.

오늘도 거울 속에서

누군가는 자신을 남과 비교했을 것이다.

하지만 나는 안다.

그 사람도 곧

자기 자신을 보기 시작할 거라는 걸.

그 순간부터

그 사람의 발레는

비교가 아닌 성장으로 채워질 것이다.

"진짜 나를 비추는 것은,
거울이 아니라 하루의 태도다"

17장

수정받는 순간, 사람이 가장 귀여워진다

'틀렸다'가 아니라 '가능성이 보인다'라는 뜻

발레를 가르치다 보면

수업 중 가장 섬세한 순간이 있다.

바로 수정하는 순간이다.

나는 손끝 방향을 살짝 잡아주거나,

골반을 조정해주거나,

척추를 바로 세워주거나,

무릎의 방향을 교정해주는 일을 하루에도 수십 번 한다.

그런데 이때마다

수강생들은 꼭 같은 반응을 보인다.

"아, 제가 또 틀렸죠…?"

"죄송해요, 선생님…."

"제가 왜 이걸 또 까먹었을까요?"

그리고 그다음 표정은

항상 조금 부끄럽고

조금 미안하고

조금 귀엽다.

나는 그 표정을 볼 때마다

마음속으로 이렇게 말한다.

'아니야, 틀려서가 아니야.

그래서 네가 더 좋아지고 있는 거야.'

수정은 '잘못의 증거'가 아니라 '관심의 증거'다.

어른들은 '수정'이라는 단어를

자연스럽게 '지적'이나 '실수'와 연결한다.

어릴 때부터

틀리면 혼나고,

잘못하면 지적받고,

약점은 감춰야 한다고 배워온 탓이다.

그래서인지

어른들은 수정받을 때

몸보다 마음이 먼저 움츠러든다.

하지만 발레에서의 수정은

전혀 다른 의미다.

수정은 그 사람이

지금보다 더 잘할 수 있다는 가능성을 봤기 때문에 하는 것이다.

가능성이 없는 사람에게는

애초에 수정할 부분도 없다.

그래서 나는 마음속으로

수정받는 순간의 사람들을

굉장히 대단하게 생각한다.

그들은 지금

자신의 가능성과 마주하고 있기 때문이다.

수정받는 사람들의 공통적인 세 가지 행동,

나는 수강생들을 오래 관찰하다 보니

수정받을 때 나타나는 패턴을 잘 안다.

순간 정지 후, 시선이 아래로 떨어진다.

마치 '아⋯. 또 틀렸네⋯.' 하는 표정.

그게 너무 귀엽다.

자기 몸을 확인하듯 슬쩍 만져본다.

배를 만지고, 골반을 짚고, 어깨를 내려본다.

이건 정말 진지함의 증거다.

그리고 반드시 말한다.

"네, 다시 해볼게요."

자신을 낮추는 말도,

조급해하는 말도 결국

"잘하고 싶어요."라는 마음의 다른 형태다.

나는 이 진심을 가장 많이 느끼는 순간이

바로 수정하는 순간이라고 생각한다.

수정은 '리셋의 시간'이다.

수강생들이 가장 크게 성장하는 순간은

동작이 잘될 때가 아니라

수정받고 바로 다시 시도할 때다.

이때 몸은

방금까지의 오류를 버리고

새로운 패턴을 만들기 시작한다.

마치 컴퓨터의 캐시를 지우듯

몸의 정보가 새롭게 정리되는 시간이다.

내가 "여기 조금만 열어볼게요."라고 말하면

사람들의 근육은 그 순간

새로운 길을 찾는다.

한 번의 수정이

사람의 몸을 완전히 바꿔놓기도 한다.

그래서 나는

수정하는 순간을 소중하게 여긴다.

그건 단순한 교정이 아니라

새로운 가능성을 여는 문이기 때문이다.

수정받는 걸 무서워하는 사람일수록

가장 빨리 성장한다.

나는 수강생들에게 종종 이런 말을 한다.

"수정받는 건 칭찬의 반대가 아니라

성장의 시작이에요."

실제로

수정받기 부끄러워하는 사람일수록 금방 좋아진다.

왜냐하면 그들은

몸을 예민하게 느끼고,

변화를 진지하게 받아들이며,

자신의 움직임을 스스로 점검할 줄 아는 사람들이기 때문이다.

수정은 '수치심'이 아니라

정확한 공부의 시간이다.

그걸 알아차린 사람들은

반년만 지나도

누가 봐도 탄탄한 라인을 갖게 된다.

그래서 나는 수정하는 순간을 가장 좋아한다.

수정받고 움츠러드는 그 표정,

다시 해보겠다며 단단해지는 그 마음,

그리고 수정 후 조금 더 나아진 그 움직임.

그 모든 장면이

정말 사랑스럽다.

"어른의 실수는 귀엽고,
다시 해보는 용기는 언제나 아름답다."

18장

반복되는 실수는 '억울한 게' 아니라
'당연한 것'이다

몸이 배울 때 가장 솔직해지는 순간

발레를 시작한 거의 모든 어른은

어느 순간 이 질문을 하게 된다.

"선생님, 왜 저는 자꾸 같은 걸 틀릴까요?"

"계속 들은 건데… 또 까먹었어요."

"저 진짜 의지박약인가 봐요."

그 말 안에는

조급함도, 자책도, 답답함도,

그리고 '나는 왜 이럴까?' 하는 억울함까지 섞여 있다.

하지만 나는 단 한 번도

이 질문을 문제라고 생각해 본 적이 없다.

왜냐하면 나는 너무 잘 알고 있기 때문이다.

몸이 어떤 걸 '진짜로' 배우기 시작하는 시점은

바로 이 단계라는 것을.

몸은 귀가 느리다.

그래서 같은 말을 여러 번 들어야 한다.

수강생들은 종종 말한다.

"아까 들었는데… 또 틀렸어요."

"머리는 아는데 몸이 안 따라요."

이 말은 사실 완벽한 정답이다.

머리가 아는 것과

몸이 하는 것은 전혀 다른 과정이다.

뇌는 정보를 금방 저장하지만

몸은 정보를 '움직임의 감각'으로

천천히 저장한다.

어느 근육을 쓸지,

힘을 얼마만큼 줄지,

어디에 무게를 실을지,

어느 방향으로 열어야 할지

이 모든 건

생각이 아니라 감각의 영역이다.

감각은 '이해'가 아니라 '누적'으로 쌓인다.

그래서 반복은

무능의 증거가 아니라

감각이 만들어지는 시간이다.

반복되는 실수는

'지금 몸이 길을 찾는 중'이라는 뜻.

사람이 무언가를 처음 배울 때는

항상 이런 구조를 가진다.

처음 배우고

대충 따라 하고

금방 잊고

다시 해보고

조금 나아지고

또 잊고

또다시 시도한다.

이 흐름은 모든 학습의 본질이다.

그런데 이 흐름을

어른들은 "나는 왜 이렇게 못하지?"라며 자책한다.

하지만 성장은 이렇게 생긴다.

단계가 위로 곧바로 올라가는 것이 아니라

나선형(spiral)으로 올라간다.

같은 자리를 맴도는 것처럼 보여도

사실은 조금씩 위로 올라가고 있다.

그래서 나는 반복되는 실수를 볼 때

항상 속으로 말한다.

'지금이 가장 중요한 시기다.'

'까먹는 과정'이 있어야

'내 것이 되는 순간'이 온다.

발레에서

가장 잘하는 사람들은

바로 '빨리 까먹는 사람들'이다.

오히려

한 번 배운 것을 절대 잊지 않는 사람들은

후에 더 크게 막히는 경우가 많다.

왜냐하면 '까먹는 과정'이

몸의 패턴을 재정비하는 시간이기 때문이다.

까먹고, 다시 시도하고, 또다시 조정하면서

몸은 스스로 움직임의 최적화를 찾아간다.

이 과정이 생략되면

움직임은 단단해지고

호흡이 막히며

유연성이 떨어진다.

그래서 나는

수업에서 반복되는 실수를 볼 때마다

마음이 놓인다.

'아, 이 사람의 몸이 지금 아주 건강하게 배우고 있구나.'

반복하는 사람은 결국 '자기만의 감각'을 만든다.

발레는 따라 하기만으로는

절대 깊어지지 않는다.

언젠가는 반드시

'나만의 감각'이 생겨야 한다.

턴 아웃을 어느 각도로 열어야 편한지,

플리에에서 어디까지 내려가야 안정적인지,

균형을 잡을 때 어디에 의식해야 흔들림이 적은지.

이건 정답을 들었다고 생기는 것이 아니라

반복한 사람이 결국 만들어내는 것이다.

그래서 실수는

'정답에서 벗어난 행동'이 아니라

'감각을 찾기 위한 탐색'이다.

어른들은 탐색이 느리다고 자책하지만

탐색 없이 배움은 없다.

나는 실수하는 사람보다는

'실수하려고 움직이는 사람'을 더 신뢰한다.

발레는

실수를 피하는 운동이 아니라

실수를 통해 나아가는 운동이다.

오늘 실수한 사람은

내일 더 나은 움직임을 만들 준비가 된 사람이고,

오늘 두 번 틀린 사람은

내일 한 번 제대로 할 사람이다.

가장 위험한 건

틀릴까 봐 움츠러드는 것이다.

그 순간 몸의 학습은 멈춰버린다.

그래서 나는 수업에서

틀린 사람, 헤매는 사람, 다시 하는 사람에게

마음 깊이 응원하는 눈빛을 보낸다.

그들은 지금

자기 몸과 가장 깊은 대화를 나누는 중이다.

그래서 나는 오늘도 말한다.

"괜찮아요. 반복되는 건 다 이유가 있어요.

틀리는 건 '성장 중'이라는 뜻이에요."

실수는 부족함이 아니다.

실수는 방향을 찾는 표지판이다.

반복은 답답함이 아니다.

반복은 몸이 길을 기억하기 시작했다는 신호다.

오늘도 누군가는

같은 동작을 세 번, 네 번, 다섯 번 다시 했을 것이다.

하지만 나는 알고 있다.

그 반복의 끝에서

그 사람만의 아름다운 움직임이 반드시 태어난다는 것을.

완벽한 사람만 할 수 있는 운동이 아니다.

수정받으며 천천히 좋아지는 사람들의 운동이다.

오늘도 나는 수업에서

수강생들의 손끝, 골반, 척추, 무릎을 조금씩 고쳐준다.

그러면 그들은

매번 조금씩

이전의 자신보다 더 우아해진다.

그리고 나는 생각한다.

'사람은 수정받을 때 가장 예뻐진다.'

그건 마음이 가장 열려 있는 순간이기 때문이다.

"조금 늦어도 괜찮다.

어른의 속도는 천천히 가도 충분하다."

19장

어느 순간, 아무 이유 없이 울컥할 때가 있다

몸이 먼저 반응하고, 마음이 나중에 따라오는 순간

발레를 오래 가르치다 보면

나는 정말 자주 목격하는 장면이 있다.

수업 중 갑자기

수강생의 눈가가 살짝 붉어지거나,

호흡이 흔들리거나,

갑자기 조용히 고개를 숙이는 순간.

그들은 말한다.

"선생님… 저 왜 이러죠? 그냥 갑자기… 울컥해요."

그 말에는 당황과 놀람이 섞여 있다.

마치 '이런 감정을 여기서 느껴도 되는 걸까?'

눈치 보는 듯한 표정.

그럴 때마다 나는 마음속으로 말한다.

"괜찮아요.

여기서는 울컥하는 건 아주 자연스러워요."

몸이 먼저 느끼고, 마음이 뒤늦게 따라온다.

일상에서 우리는

감정을 먼저 느끼고 몸이 반응한다고 생각한다.

하지만 발레에서는 그 반대인 경우가 많다.

턴 아웃으로 골반이 열리면서,

플리에에서 척추가 길어지면서,

스트레칭에서 가슴이 풀리면서,

균형에서 발끝이 땅과 완전히 연결되면서,

몸이 먼저 '열림'을 경험한다.

몸이 열리면

마음이 그 틈으로 슬며시 들어온다.

마치 오래 닫혀 있던 방의 창문을 열었을 때

먼지와 빛이 동시에 들어오듯이.

그 순간 마음도 갑자기 열리며

감정이 단숨에 올라오는 것이다.

그래서 울컥하는 건

억울해서도, 약해서도, 예민해서도 아니다.

그건 그냥

마음이 숨을 쉬는 소리다.

울컥함은 감정의 문제가 아니라 '회복'의 신호다.

어떤 수강생은

첫 스트레칭에서 눈물이 났다고 했다.

또 어떤 수강생은

아무 이유도 없이 발레 바에 서다가 울컥했다고 했다.

그들은 당황해하며 말했다.

"저 요즘 감정이 예민해졌나 봐요….'

"이런 데서 울면 안 되는데…."

"제가 왜 이러죠…?"

하지만 나는

그 어떤 말보다 부드럽게 대답한다.

"그건 이제야 조금 괜찮아지고 있다는 뜻이에요."

몸이 굳으면

마음도 굳는다.

몸이 열리면

마음도 풀린다.

그래서 발레 수업에서 울컥하는 사람들은

심리적으로 불안정한 것이 아니라

오히려 '안전함'을 느끼기 시작했다는 것이다.

몸이 안전하다고 느끼면

마음은 지연된 감정을 조용히 꺼내기 때문이다.

울컥하는 순간,

사람들은 자기 마음의 밑바닥을 본다.

울컥하는 사람들은

보통 이런 마음을 품고 있다.

너무 오래 참은 것들이 있다.

누구한테 말 못 한 감정이 있다.

나도 모르게 눌러 놓은 마음이 있다.

괜찮은 척했던 시간이 길었다.

그리고 그 마음들은

생각으로는 꺼내기 어렵다.

하지만 움직임은

그걸 너무 쉽게 꺼내버린다.

특히 플리에서 천천히 올라오는 순간,

바닥을 딛고 있는 발의 느낌이 선명해질 때,

척추가 길어지고 가슴이 열릴 때

사람들은 마치 감정 한 겹이 스르르 벗겨지는 걸 느낀다.

그때 감정은

정말 아무 이유 없이 올라온다.

그리고 그 '아무 이유 없음'이

사실은 가장 큰 이유이다.

울컥한 뒤, 사람들은 한결 가벼워진다.

울컥한 뒤의 사람들은

표정이 달라진다.

어깨가 내려오고

시선이 부드러워지고

미묘하게 호흡이 깊어진다.

그 변화는 너무 작아서

아마 본인도 모를 것이다.

하지만 나는 안다.

그들은 방금

하루치가 아니라

몇 달, 몇 년 쌓였던 감정을

바닥에 살짝 내려놓은 것이다.

그리고 내려놓음은

앞으로의 움직임을 바꾼다.

몸이 편안해지고,

동작이 가벼워지고,

자기 자신에게 좀 더 친절해진다.

그건 그냥 발레 실력이 늘어난 게 아니라

그 사람의 삶이 부드러워지고 있다는 신호다.

그래서 나는 울컥하는 순간을 마음 깊이 존중한다.

수업에서 누군가 울컥하면

나는 절대 놀라지 않는다.

오히려 따뜻한 마음으로 바라본다.

눈물은

약함이 아니라

정직함의 증거다.

몸이 진짜로 열렸다는 증거,

마음이 안전하다는 증거,

자신에게 조금 더 가까워졌다는 증거.

오늘도 누군가는

아무 이유 없이 울컥했을 것이다.

하지만 나는 그 사람을 알고 있다.

그는 지금

무너지는 중이 아니라

회복되는 중이다.

그리고 그 회복을

발레가 돕고 있다는 사실이

늘 참 아름답다.

“울컥하는 순간은

몸이 먼저 회복을 시작했다는 신호다.”

20장

내 몸을 믿기 시작하는 순간, 모든 게 달라진다

몸을 의심하는 버릇에서 벗어나는 법

발레를 시작한 성인들이

가장 자주 하는 말 중 하나는 이런 말이다.

"선생님, 제 몸은 안 될 것 같아요."

"저는 유연성이 너무 없어요."

"힘이 약해서, 균형이 안 좋아서, 체형이 안 맞아서…."

이 말들을 들을 때마다

나는 마음 한편이 조금 아프다.

왜냐하면 나는 알고 있기 때문이다.

사람들은 몸이 부족해서가 아니라

몸을 '의심하는 습관' 때문에 못 하는 경우가 더 많다는 것을.

어른들은 '자기 몸을 과소평가하는 전문가'다.

아이들은

자기 몸을 믿는다.

재미있으면 하고,

궁금하면 시도하고,

넘어지면 또 한다.

하지만 어른들은

머리로 먼저 판단한다.

"이건 안 될 것 같다."

"난 원래 몸이 안 좋은 편이니까."

"저 사람은 타고났는데, 나는 아닐걸?"

이런 생각이

시도하기도 전에

몸을 가둬버린다.

그래서 플리에를 하기 전에

골반을 열어보기도 전에

스트레칭을 내려가 보기도 전에

'나는 못 해.'라는 결론을 먼저 내린다.

하지만 그건 진짜 실력이 아니라

습관적 자기 의심이다.

몸의 가능성은 '머리의 확신'이 아니라 '시도'에서 열린다.

어떤 수강생은

첫 수업 때 스트레칭에서

팔만 내리는 것도 힘들어했다.

하지만 한 달 뒤,

그 사람은 가슴이 열리고

옆구리가 길어지고

사이드 스트레칭이 훨씬 자연스러워졌다.

그러자 본인이 깜짝 놀라며 말했다.

"선생님, 제 몸이 이렇게까지 될 줄 몰랐어요."

나는 속으로 웃으며 말했다.

"나는 처음부터 알고 있었어요."

나는 수백, 수천 명의 몸을 봐왔다.

사람의 몸은

지금보다 훨씬 더 유연하고,

훨씬 더 적응력이 좋고,

훨씬 더 회복력이 강하다.

어른들만 그걸 잊고 있을 뿐이다.

몸을 믿지 못하는 사람들은 특징이 있다.

나는 수업에서

자기 몸을 믿지 못하는 사람들의

아주 공통적인 패턴을 본다.

동작을 하기 전에 미리 표정을 찡그린다.

몸보다 마음이 먼저 주저한다.

힘을 주기 전에 긴장부터 한다.

아직 해보지도 않았는데 '버티기' 모드로 들어간다.

되는 부분보다 안 되는 부분에만 집중한다.

100중 70이 잘 되고 있어도, 30만 바라본다.

이 패턴들은

몸의 문제가 아니라

마음의 보호 본능이다.

어른들은 실패를 피하는 것에

지나치게 익숙해져 있기 때문이다.

하지만 믿기 시작하면, 몸은 기적처럼 변한다.

몸을 믿기 시작하는 순간,

사람은 놀라울 정도로 달라진다.

턴 아웃이 조금씩 더 열리고

플리에가 부드러워지고

균형이 흔들려도 다시 잡히고

스트레칭이 어제보다 1cm 더 내려간다.

동작에 '여백'이 생긴다.

이 변화들은 작아 보이지만

사실 엄청난 변화다.

왜냐하면 몸을 믿기 시작한 사람은

움직임이 '힘'에서 '리듬'으로 바뀌기 때문이다.

몸을 믿으면

힘을 덜 쓰게 되고,

힘을 덜 쓰면

몸이 더 잘 움직인다.

이게 발레의 역설이자 아름다움이다.

자기 몸을 믿기 시작한 사람은, 삶도 바꾼다.

나는 수업에서

이 작은 변화가

생활 속에서도 이어지는 걸 종종 목격한다.

자세가 달라지고,

긴장이 줄고,

생각이 간결해지고,

부드러운 여유가 생기며,

자기 자신을 덜 몰아붙인다.

어떤 수강생은 말했다.

"선생님, 제가 발레를 하니까

일상에서도 뭔가 '괜찮아질 것 같아요'라는 느낌이 생겼어요."

맞다.

몸을 믿기 시작하면

그 믿음이 마음으로 옮겨간다.

자기 몸을 신뢰하는 사람은

자기 삶을 신뢰하기 시작한다.

이건 아주 조용한 변화지만

삶 전체를 바꾸는 힘을 가진 변화다.

그래서 나는 오늘도 수강생들에게 말한다.

"못하는 게 아니라,

아직 믿지 못한 것뿐이에요."

몸은 생각보다 더 강하고,

더 유연하고,

더 아름다운 방향으로 변해줄 준비가 되어 있다.

믿지 못해서 막히는 것과

정말 못해서 막히는 것은

완전히 다른 이야기다.

오늘도 누군가는

조심스럽게 자신의 몸을 믿어보는 중일 것이다.

그리고 나는 안다.

그 순간부터

그 사람의 발레는

조금 더 우아하고,

조금 더 자유롭고,

조금 더 자신감 있게 바뀌기 시작할 것이다.

그 변화는 이미 시작되었다.

"몸을 믿는 순간 움직임도 삶도 달라진다."

21장

몸보다 마음이 먼저 바뀌는 순간

변화는 눈에 보이기 전에, 먼저 '느낌'으로 온다

발레를 꾸준히 하는 성인들에게는

특별한 시점이 하나 있다.

거울 속 라인이 확 달라지는 것도 아니고,

유연성이 갑자기 늘어나는 것도 아니고,

힘이 폭발적으로 생기는 순간도 아니다.

그보다 훨씬 더 조용하고,

훨씬 더 사적인 변화.

바로 "어, 나 조금 달라졌네?" 하고

스스로 느끼는 첫 순간이다.

이 변화는

몸이 변해서 오는 것이 아니라

마음이 먼저 달라졌을 때 찾아온다.

변화는 거울보다 '내 느낌'이 먼저 안다.

어떤 수강생은 이렇게 말했다.

"선생님, 오늘은 플리에가… 이상하게 편했어요."

"턴 아웃이 갑자기 잘 된 건 아닌데,

몸이 덜 버티는 느낌이에요."

"저 오늘… 왜인지 모르게 가벼워요."

이 문장들을 들을 때

나는 속으로 조용히 손뼉을 친다.

왜냐하면

몸이 보이기 전에

감각이 먼저 변하기 때문이다.

발레는 수치나 기록으로

순간적인 변화를 측정하는 운동이 아니다.

몸의 방향, 근육의 사용, 호흡의 깊이처럼

아주 미세한 요소들이

먼저 '감각 수준'에서 달라진다.

그리고 이 미묘한 변화는

거울보다도 먼저

본인에게만 느껴지는 변화다.

몸이 변하지 않았는데

내가 변한 것 같은 날이 있다.

재미있게도

이런 날은 이렇게 찾아온다.

유난히 집중이 잘 되는 날,

동작이 부드럽게 이어지는 날,

힘을 덜 썼는데 오히려 편안한 날,

음악과 움직임이 자연스럽게 맞아떨어지는 날.

이날은 사실

외형적인 변화는 거의 없다.

하지만

내적인 정렬이 달라져 있다.

그 정렬은

거울 속의 선이 아니라

내 몸 내부에서 느껴지는 균형

마음이 자리를 찾아가는 느낌이다.

어른들은

이 느낌을 너무 늦게 만난다.

늘 '결과'를 보며 살아왔기 때문에

감각의 변화를 '진짜 변화'라고 인정하는 데

시간이 걸린다.

하지만 발레는

늘 이 방식으로 사람을 바꾼다.

먼저 마음을 바꾸고

그다음에 몸을 바꾼다.

마음이 바뀌면, 몸은 자연스럽게 따라온다.

발레에서 가장 아름다운 순간은

몸이 기술적으로 완벽할 때가 아니라

몸이 마음을 따라가기 시작할 때다.

예를 들어…

'나는 못 해.'가 '한번 해볼까?'로 바뀌는 순간,

'나는 굳었어.'가 '오늘은 조금 더 열릴 것 같아.'로 바뀌는 순간,

'왜 안 되지?'가 '어제보다 나아졌네?'로 바뀌는 순간

이 미묘한 문장 하나가

전체 움직임을 바꿔버린다.

생각이 바뀌면

어깨의 긴장이 풀리고,

호흡이 깊어지고,

동작에 여유가 생긴다.

그리고 그 순간

몸은 마치 기다렸다는 듯

부드럽게 따라온다.

나는 항상 말한다.

"마음의 방향이 바뀌면

몸은 놀라울 정도로 빠르게 따라가요."

성인 발레에서 가장 중요한 건

속도가 아니라 '태도'다.

아이들은

빠르게 배우고 빠르게 변화한다.

하지만 어른들은

마음이 먼저 움직여야

몸이 움직인다.

그래서 성인 발레에서 가장 중요한 건

빠른 성취가 아니라

이 두 가지 태도다.

내 몸을 믿어보려는 태도,

어제보다 나에게 더 다정해지려는 태도.

이 두 가지 태도가 생기면

몸의 변화는 자연스럽게 따라온다.

어떤 동작이 되지 않아도 상관없다.

모양이 덜 예뻐도 상관없다.

틀려도 상관없다.

태도가 바뀐 사람은

어떤 움직임이든

우아해진다.

왜냐하면 우아함은

기술에서 나오지 않고

태도에서 나오기 때문이다.

그래서 나는 수강생들의 변화에서

몸보다 마음을 먼저 본다.

수업 중, 나는 이런 순간들을

가장 섬세하게 바라본다.

예전에는 긴장하던 동작 앞에서

표정이 부드러워졌을 때

흔들려도 웃으며 "다시 해볼게요."

라고 말하는 태도가 생겼을 때,

자신을 탓하지 않고

오늘의 상태를 받아들일 때,

이것이 바로

발레가 주는 가장 큰 선물이다.

몸의 변화는

언젠가 반드시 따라온다.

하지만 마음의 변화는

자신에게 주는 가장 큰 선물이다.

오늘도 누군가는

아주 조용히, 아주 작게

마음의 방향을 바꿨을 것이다.

그리고 나는 확신한다.

그 작은 변화가

앞으로의 모든 움직임을 바꿔놓을 것이다.

"변화는 몸에 먼저 보이지 않는다.
마음이 달라졌을 때, 몸은 그다음을 준비한다."

발레가 그들의 일상을 바꿔놓는 방식들

스튜디오 밖에서까지 이어지는 변화들

22장

어느 순간, 몸이
'스스로' 움직이기 시작할 때가 있다

생각보다 몸이 먼저 배운다

발레를 배우는 성인들의 공통된 고민이 있다.

"선생님, 저는 계속 생각하면서 해야 해요."

"몸이 스스로 움직였으면 좋겠어요."

"아직은 머리로 따라가는 느낌이에요."

처음엔 모두 그렇다.

동작 하나하나를 머리로 외우고,

리듬을 기억하고,

근육을 어디에 써야 할지 계산한다.

하지만 어느 날, 정말 갑자기—

아무런 예고도 없이

몸이 '스스로' 움직이기 시작한다.

내가 지시하지 않아도

턴 아웃이 살짝 더 열리고,

플리에가 좀 더 부드럽고,

손끝이 자연스럽게 라인을 만든다.

그 순간 사람들은 놀라서 말한다.

"어? 방금 생각 안 했는데 됐어요…?"

"저 그냥 움직였어요."

"이 기분 뭐죠…?"

나는 그 표정을 사랑한다.

왜냐하면 그건

몸이 드디어 자신의 길을 기억하기 시작했다는 증거이기 때문이다.

처음엔 머리가 리더지만,

어느 순간부터 몸이 리더가 된다.

발레의 학습 곡선은 독특하다.

초반에는 머리가 몸을 끌고 간다.

"여기 힘줘야지."

"골반 잡아야지."

"발끝 세워야지."

하지만 이 시기는 길지 않다.

몸의 학습 속도는

머리보다 훨씬 깊고, 훨씬 오래가는 방식이기 때문이다.

그리고 어느 시점에 이르면

머리는 조용해지고

몸이 움직임을 이끌기 시작한다.

이 순간은

사람들이 자신도 깨닫지 못한 채

조용히, 은근히 다가온다.

생각보다

몸이 훨씬 더 똑똑하기 때문이다.

몸은 '이해'가 아니라 '반복'으로 기억한다.

어른들은 자꾸

이해하면 잘할 수 있다고 생각한다.

"아, 이 원리 알겠다!"

"머리로는 완전히 알겠어요."

"이제 개념은 완전히 이해했어요."

하지만 신기하게도

이해만으로는 움직임이 달라지지 않는다.

왜냐하면 몸은

지식이 아니라 누적된 감각으로 움직이기 때문.

발바닥이 바닥을 딛는 압,

근육이 길어지는 미묘한 순간,

골반이 열리는 호흡의 리듬,

팔 라인이 자연스럽게 빠지는 방향,

이 모든 건

이해로는 절대 정착되지 않는다.

반복 속에서만 안정된다.

그래서 반복은 지루함이 아니라

몸이 길을 '지도처럼' 그리는 과정이다.

반복된 길은

어느 순간부터

머리가 아닌 몸의 기억으로 남는다.

몸이 기억하기 시작하면

움직임에 '힘'이 아니라 '결'이 생긴다.

몸이 스스로 움직이기 시작한 사람들에게는

눈에 보이는 공통점이 있다.

동작이 매끄럽다.

끊김이 없다.

힘이 쓸데없이 새지 않는다.

최소한의 힘으로 최대의 움직임.

호흡이 움직임을 이끈다.

기술보다 리듬이 앞선다.

표정이 편안하다.

집중하면서도 긴장하지 않는다.

이것이 바로

몸이 '기억하고 있는 움직임'을 보여주는 상태다.

나는 이 상태를 볼 때마다

속으로 감탄한다.

"드디어… 이 사람의 몸이 스스로 춤을 추기 시작했네."

몸이 기억하는 순간,

자기 삶의 리듬까지 함께 정리된다.

재미있는 건,

몸이 스스로 움직이는 느낌을 경험한 사람들은

일상도 조금 달라진다는 점이다.

걷는 자세가 좋아지고,

호흡이 깊어지고,

긴장되는 순간에도 중심을 찾고

하루의 리듬이 부드러워진다.

불안이 줄어든다.

왜냐하면 몸의 자연스러움은

마음의 자연스러움까지 이어지기 때문이다.

몸이 안정적으로 움직이면

마음은 불필요한 경계를 내려놓는다.

이 변화는

발레의 가장 놀라운 힘이다.

그래서 나는 그 순간을 누구보다 반갑게 맞이한다.

수강생이 처음으로

"생각 안 했는데 됐어요."

라고 말하는 순간,

나는 조용히 이렇게 말한다.

"이제 진짜 시작이에요."

몸이 길을 기억하기 시작한다는 건

이제부터는

동작을 따라가는 것이 아니라

자기 몸과 함께 움직일 수 있다는 뜻.

그건 어른에게

운동 이상의 의미를 지닌다.

오늘도 누군가는

몸이 먼저 움직이는 순간을 경험했을 것이다.

그리고 나는 안다.

그 순간이 앞으로의 발레를

전혀 다른 차원으로 이끌어줄 것이라는 걸.

“작아 보이는 성장도 쌓이면,
표정보다 깊은 빛이 난다.”

23장

‘느린 사람’이 가장 멀리 간다

성인 발레를 가르치다 보면

정말 많은 사람이 똑같은 고민을 털어놓는다.

“저는 너무 느려요.”

“다들 잘하는데, 저만 더딘 것 같아요.”

“왜 저는 이렇게 늦게 늘까요…?”

그 말속에는

조급함도 있고,

자격지심도 있고,

자신을 향한 작은 실망도 있다.

하지만 나는 안다.

그리고 그 사실을 너무 강조하고 싶다.

느린 사람은 절대 뒤처지는 사람이 아니라,

가장 단단하게 쌓아가는 사람이다.

빠른 사람보다 느린 사람이

더 오래, 더 안정적으로 성장한다.

발레에서 빠르다는 건

처음에 빨리 따라온다는 뜻일 뿐이다.

하지만 '빠른 이해'가

곧 '깊은 이해'를 의미하진 않는다.

반대로

느린 사람들은

습득이 늦어 보일 뿐,

감각이 자리 잡기 시작하면

놀라울 정도로 안정적인 성장을 한다.

왜냐하면 느린 사람들은 이렇게 배운다.

감각을 정확하게 쌓고,

몸의 움직임을 하나씩 이해하고,

작은 변화도 놓치지 않고,

기초를 깊고 안전하게 잡기 때문이다.

빠른 사람은 어느 순간 벽에 부딪히지만,

느린 사람은 벽 자체가 없다.

이미 단단하게 쌓아왔기 때문이다.

느림은 결함이 아니라 '방식'이다.

수강생들이 자주 말한다.

"선생님, 저는 원래 몸이 굼떠요."

"저는 남들보다 느려요."

"이게 단점 아닌가요?"

나는 항상 대답한다.

"그건 단점이 아니라 당신의 방식이에요."

느림은 잘못이 아니다.

오히려 배움의 방식 중 하나다.

음악의 속도가 있듯

몸에도 속도가 있다.

빨리 이해하는 사람이 있고,

천천히 느끼고 천천히 채우는 사람이 있다.

그리고 이 '천천히 채우는 사람'이

움직임을 가장 아름답게 만든다.

발레는

빠른 사람보다

깊은 사람에게 맞춰진 운동이다.

느린 사람은

배우는 과정에서 '자기만의 결'을 만든다.

빠른 사람들은

'정답'을 빨리 쫓아간다.

동작을 따라가는 데 집중하기 때문이다.

하지만 느린 사람들은

정답으로 가는 과정에서

자기만의 감각을 만든다.

어떤 순간에 숨이 편한지

힘을 어떻게 빼야 움직임이 부드러운지,

어디에 의식을 두어야 안정적인지,

어떤 리듬이 나와 맞는지

자기 감각을 세밀하게 쌓는 시간은

느린 사람에게만 주어지는 선물이다.

그래서 느린 사람들은

언젠가 확실하게 말한다.

"아, 이제 알겠다.

내 몸의 길이 이런 거구나."

이 깨달음은

아무리 빨리 배우려 해도

절대 얻을 수 없는 것이다.

느린 사람의 성장은

갑자기, 그리고 크게 온다.

느린 사람들이 성장하는 방식은

항상 이렇다.

안 되는 듯, 안 되는 듯하다가

어느 날 갑자기

한 번에 크게 된다.

그 순간이 오면

본인도 놀란다.

"선생님, 방금 저 맞았어요…?

이게 왜 됐죠?"

그리고 그 순간부터

몸은 한 단계 더 높은 감각으로 올라간다.

이건 운이 아니라

시간을 들여 쌓아온 사람들만이 겪는 변화다.

나는 이런 순간을 볼 때마다

정말 감탄한다.

"아, 이 사람은 앞으로 멀리 가겠구나."

그래서 나는 느린 사람을 가장 신뢰한다.

수업에서 가장 조용하고

가장 많은 생각을 하고

가장 천천히 움직이는 사람들은

결국 가장 깊고 탄탄한 움직임을 만든다.

그들은 절대 쉽게 무너지지 않고,

작은 변화도 귀하게 받아들이고,

자기 페이스를 스스로 만들어낸다.

나는 느린 사람을 볼 때마다

속으로 말한다.

"이 사람은 끝까지 가는 사람이구나."

발레는 빠른 사람보다

계속 가는 사람이 이긴다.

그리고 느린 사람들은

'계속 가는 힘'을 이미 갖고 있다.

오늘도 나는 조용히 말한다.

"느려도 괜찮아요.

아니, 느리기 때문에 더 좋아요."

당신의 페이스는

당신의 아름다움이다.

느린 사람은 뒤처지는 사람이 아니라

가장 멀리 가는 사람이다.

오늘도 누군가는

남보다 더 느린 속도로 움직였을 것이다.

하지만 나는 알고 있다.

그 사람의 발레는

지금 가장 단단하게 쌓이고 있다는 것을.

“멈춘 날도, 흐르는 날도,
모두 나를 향한 과정이다.”

24장

어느 날 문득, 일상에서 자세가 달라져 있다

발레가 스튜디오 밖까지 따라오는 순간

발레를 꾸준히 하는 성인들은

어느 날 아주 조용한 변화를 맞이한다.

거울 속 변화도 아니고,

유연성이 갑자기 늘어난 것도 아니고,

힘이 세진 것도 아니다.

바로 '일상에서' 자세가 달라져 있는 순간.

이 변화는 너무 사소해서

본인은 처음에 못 느낀다.

그런데 어느 날 갑자기 깨닫는다.

"어? 나 요즘 왜 이렇게 어깨가 펴져 있지?"

"나도 모르게 중심을 찾고 있어."

"허리가 구부정해지려다가도… 바로잡아."

이 순간은 정말 특별하다.

왜냐하면 발레가 이제

수업 시간뿐 아니라 삶 전체에 스며들기 시작했다는 뜻이기 때문이
다.

자세의 변화는 거창하게 오지 않는다.

사람들은 자세가 바뀌면

큰 변화가 있는 줄 안다.

하지만 실은 그렇지 않다.

자세의 변화는

아주 작은 습관들의 합이다.

지하철에서 어깨가 말리지 않게 되는 것,

앉을 때 골반을 말지 않으려는 감각,

걷다가 자연스럽게 복부를 살짝 당기는 느낌,

발바닥 전체가 바닥을 눌러주는 감각,

장시간 앉아 있다가도 허리를 다시 세우는 동작.

이 변화들은 너무 작아서

본인은 모른다.

하지만 몸은 기억한다.

그리고 어느 순간

그 작은 조각들이 모여

사람 전체의 라인을 바꾼다.

그 변화는

그러니까 '한 번에 오는 변화'가 아니라

'누적된 우아함'이다.

몸이 바뀌기 전, 일상의 감각이 먼저 바뀐다.

발레를 오래 한 수강생들은

다 이런 말을 한다.

"선생님, 발레를 시작하면서

일상에서 제 몸을 더 자주 느끼게 돼요."

맞다.

그게 바로 변화의 시작이다.

어깨에 힘이 들어갔는지,

골반이 틀어졌는지,

무게 중심이 어디 있는지,

걸음걸이가 짧아졌는지,

턱이 앞으로 빠졌는지,

이 모든 걸 '감지'하는 능력이 생긴다.

이 감지 능력은

발레 수업에서만 생길 수 있는 아주 특별한 감각이다.

왜냐하면 발레는

단순한 운동이 아니라

신체의 정렬을 가장 세밀하게 관찰하는 훈련이기 때문이다.

그 결과,

몸의 정렬이 일상 속에서도

자연스럽게 유지된다.

사람들은 자세가 달라지면

표정이 먼저 아름다워진다.

놀랍게도

자세가 좋아진 사람들은

표정도 달라진다.

어깨가 펴지고,

호흡이 깊어지면서

얼굴의 긴장이 자연스럽게 풀린다.

턱을 당기고,

척추를 길게 세우고 걷는 사람은

시선이 자연스럽게 정면을 향하게 된다.

그 시선에는

'자신감'이라는 미묘한 기운이 배어 있다.

그래서 나는

자세가 달라진 사람을 보면

항상 한 가지를 느낀다.

'이 사람은 몸만 달라진 게 아니라

마음도 달라졌구나.'

우아함은

자세가 만드는 게 아니라

자신감이 만드는 것이다.

그리고 그 자신감이

몸의 정렬을 통해 비로소 드러난다.

일상의 자세가 달라진다는 건,

이미 삶이 달라지고 있다는 뜻이다.

자세는 몸의 상태이면서

동시에 마음의 상태다.

몸이 무너지면,

마음도 쉽게 무너진다.

몸이 세워지면,

마음도 스스로 중심을 찾는다.

그래서 자세가 좋아진다는 건

'몸이 좋아졌다'라는 의미를 넘어서

그 사람의 삶 전체가 안정되고 있다는 신호다.

어떤 수강생은 말했다.

"선생님, 발레를 배우고 나서

회사에서 발표할 때 자세가 더 안정적이에요."

또 어떤 수강생은 말했다.

"일상에서 예전보다 훨씬 차분해졌다는 말을 들어요."

조용한 변화이지만

삶을 완전히 바꿔버릴 수 있는 변화다.

그래서 나는 그 순간을 가장 기쁘게 본다.

발레 수업의 목적은

점프가 높아지는 것도,

스핀을 빨리 도는 것도,

라인이 완벽해지는 것도 아니다.

그것들은

부가적인 선물일 뿐이다.

진짜 목적은

사람의 일상이 바뀌는 것.

더 단정하게 서고,

더 우아하게 걷고,

더 차분하게 말하고,

더 깊게 호흡하고,

더 자기 자신을 잘 느끼는 것.

그 모든 변화가 쌓여

그 사람만의 결을 만든다.

오늘도 누군가는

아무 의도 없이 걷다가

문득 느꼈을 것이다.

"어라, 왜 이렇게 편하고 예쁘지…?"

그리고 나는 안다.

그건 발레가 삶 속으로

조용히 스며들기 시작했다는 뜻이다.

“오늘의 한번은 내일의 나를 가만히 바꿔놓는다.”

25장

움직임이 마음을 치유한다는 걸,
어느 날 비로소 깨닫는다

몸이 안정되면 마음은 자연스럽게 돌아온다

발레를 꾸준히 하는 사람들은

어느 순간 아주 조용한 깨달음을 맞이한다.

"이 수업이… 그냥 운동이 아니구나."

"이 시간 덕분에 제가 좀 더 괜찮아졌어요."

"몸을 움직였을 뿐인데… 마음도 정리가 되네요."

처음에는 단순히

운동하고, 스트레칭하고, 땀 흘리는 시간이었지만

어느 순간 발레는

하루를 버티게 하는 힘이 된다.

그리고 그 힘은

움직임에서 온다.

몸이 먼저 안정되면 마음이 뒤늦게 따라온다.

사람들은 흔히

'마음이 괜찮아져야 몸이 움직인다'라고 생각한다.

하지만 발레를 가르치며 나는 반대로 깨달았다.

몸이 먼저 안정되어야만

마음이 제자리를 찾는다.

플리에 동작을 할 때 숨을 깊게 들이마시는 순간,

척추를 곧게 세우는 순간,

발바닥이 바닥을 단단히 누르는 순간,

몸은 가장 원초적이고 안전하게 정렬된다.

이 정렬은

마음을 조용히 끌어올린다.

어깨가 내려가고,

호흡이 깊어지고,

긴장이 풀리면서,

마음은 비로소

자기 자리를 찾기 시작한다.

심리학적으로도 설명할 수 있지만…

사실 설명이 필요 없다.

몸이 안정되면

교감 신경이 진정되고,

호흡이 깊어지면

스트레스 수치가 낮아지고,

척추를 세우면

자존감 신호가 올라가는 것은

심리학적으로도 다 설명이 된다.

하지만 이 변화는

이론보다 훨씬 실감나는 변화다.

어떤 날은

수업 전에 너무 지쳐서 오던 사람이

스트레칭이 끝나고 일어날 때

전혀 다른 얼굴이 되어 있다.

어떤 날은

말 한마디 없이 수업을 시작한 사람이

바를 잡고 몇 번 움직인 뒤

표정이 조금씩 풀린다.

어떤 날은

무거운 하루를 품고 온 사람이

턴 아웃을 열고 호흡을 하면서

숨이 한층 가벼워진다.

이건 설명이 아니라 '경험'이다.

몸이 안정되면 마음도 자연스럽게 수습된다.

움직임은 감정을 '걸러내는 과정'이다.

발레 수업에서 가장 자주 보는 장면은

'감정이 정리되는 순간'이다.

사람들은 수업을 오기 전

각자의 하루를 들고 온다.

누군가는 스트레스를,

누군가는 걱정을,

누군가는 상실감을,

누군가는 서운함을,

누군가는 피로를,

그 감정들은

어깨에, 턱에, 골반에, 호흡에

고스란히 묻어 있다.

그런데 움직이기 시작하면

몸은 감정을 '걸러내는 필터'처럼 작용한다.

어느 순간

감정이 충분히 걸러지고 나면

사람들은 말한다.

"아…. 조금 괜찮아졌어요."

"선생님, 그냥… 숨이 다시 쉬어져요."

바로 이 순간이

발레의 힘이다.

몸이 지친 마음을 대신 견디는 시간

나는 가끔 이런 장면을 본다.

수강생이 플리에를 하다가

살짝 고개를 떨군다.

그러다가 다시 일어날 때

표정이 조금 부드러워져 있다.

혹은

스트레칭에서 몸을 길게 열면서

깊은 한숨을 내쉰다.

이런 장면들을 볼 때마다

나는 깨닫는다.

몸이 마음을 대신 견디고 있다는 걸.

사람은 감정이 무겁고 복잡할 때

말로 털어놓지 못한다.

하지만 몸은 알고 있다.

그리고 몸은 움직이면서

그 감정을 조금씩 받아낸다.

발레는

받아냄을 허용하는 공간이다.

그래서 발레는 회복의 언어가 된다.

사람들은 종종 묻는다.

"발레가 저를 바꾸는 걸까요?"

"왜 발레를 하고 나면 마음이 편해져요?"

나는 아주 단순하게 대답한다.

"움직임이 당신을 회복시키고 있는 거예요."

움직임은 생각보다 깊다.

몸이 열리면 마음도 열린다.

숨이 깊어지면 감정도 깊어진다.

몸이 중심을 잡으면

삶도 중심을 찾는다.

발레는 예쁜 라인을 만드는 기술이 아니라

삶을 다시 붙잡게 해주는 언어다.

오늘도 누군가는

수업 전에 힘들었을 것이다.

그리고 수업을 마친 뒤

조금 가벼워졌을 것이다.

그 작은 변화 하나가

사람을 살린다.

그리고 나는 그 순간을

가장 가까운 자리에서 보고 있다.

"기본이 단단하면 어떤 마음도 흔들리지 않는다."

26장

발레를 오래 할수록 '사는 힘'이 생긴다

몸을 견디는 사람은 결국 마음도 견딘다

발레를 오래 하는 성인들은

어느 순간부터 자신도 모르게

삶을 버티는 힘이 달라진다.

이건 실력과는 전혀 다른 이야기다.

피루엣(pirouette)이 세 바퀴가 되는 것도 아니고,

유연성이 갑자기 좋아지는 것도 아니다.

누가 봐도 알 수 없는,

하지만 본인은 정확히 느끼는 변화.

"아, 내가 예전보다 잘 버티고 있네."

"쉽지 않은 하루였는데, 그래도 괜찮다."

"오늘은 무너지지 않았다."

발레는 몸을 예쁘게 만들기 전에

사람의 '기초 체력'을 만든다.

그리고 이 기초 체력은

마음의 체력으로 이어진다.

버티는 연습을 하다 보면

사는 법도 바뀐다.

발레의 거의 모든 동작에는

'버티기'가 있다.

플리에에서 내려갔다 올라올 때 버티는 힘,

균형을 잡으며 흔들림을 견디는 감각,

턴 아웃을 유지하려는 집중력,

아라베스크(arabesque)에서 손끝까지 뻗어내는 끈기,

근육이 떨려도 호흡을 유지하는 고요,

이 '버팀'의 반복이

사람을 단단하게 만든다.

이건 단순한 운동적 인내가 아니라

일상의 인내로 옮겨지는 힘이다.

신기하게도

발레에서 균형을 잡는 법을 배우면

인생의 균형도 조금씩 잡히기 시작한다.

몸이 버티는 법을 알면

마음도 버티는 법을 배운다.

무너지지 않는 사람이 되는 건

큰 변화에서 오는 게 아니다.

어른들이 발레를 하면서

가장 크게 달라지는 것 중 하나는

바로 '멘탈의 튼튼함'이다.

하지만 이 멘탈의 변화는

흔히 생각하는 것처럼

크고 극적으로 오지 않는다.

그저 반복되는 작은 순간들에서 생긴다.

오늘은 조금 피곤해도 수업에 왔다는 사실,

동작이 안 돼도 자신을 탓하지 않은 마음,

흔들렸지만 다시 중심을 찾은 경험,

힘들어도 끝까지 음악을 따라간 끈기,

불안정한 하루였지만 끝까지 호흡을 유지한 의지,

이 작은 순간들이

서서히, 조용히

사람을 단단하게 만든다.

이건 발레만이 줄 수 있는 변화다.

강해지는 건, 잘해서가 아니다.

'계속해서'가 강함을 만든다.

발레를 오래 하는 사람들은

이제 안다.

강함은

뛰어난 기술에서 오는 게 아니라

계속 움직이는 사람에게 생긴다는 것을.

계속 온다는 것,

계속 버틴다는 것,

잘 안 돼도 계속 시도하는 것.

이 반복이

사람의 중심을 만든다.

그러다 보면

삶의 태도도 달라진다.

예전 같으면 쉽게 흔들렸을 일들이

조금씩 작게 느껴지고,

넘어지더라도 다시 일어나는 힘이 생긴다.

발레를 꾸준히 하는 성인들의

가장 큰 공통점은 바로 이거다.

"예전보다 잘 버텨요."

그 버팀이야말로

발레가 주는 가장 큰 선물이다.

몸의 중심이 생기면

삶의 중심도 생긴다.

발레에서 '센터'를 잡는 연습은

단순한 동작이 아니다.

센터는 곧

삶의 무게 중심이다.

흔들리더라도 완전히 넘어지지 않는 마음,

어떤 상황에서도 호흡을 잃지 않는 여유,

나 자신을 잃지 않는 균형감,

내가 나를 지탱하는 힘,

이 모든 게

몸의 중심에서 시작된다.

몸의 중심을 찾은 사람의 삶은

놀라울 정도로 안정적이다.

어떤 날은 벅차고,

어떤 날은 무너질 것 같아도

결국 다시 중심으로 돌아온다.

그 중심이

이미 몸속에 있기 때문이다.

그래서 나는 발레를 오래 하는 어른들을

누구보다 존경한다.

발레는 쉽지 않다.

도전도 많고, 반복도 많고,

포기하고 싶은 날도 많다.

그럼에도 불구하고

계속해서 몸을 움직이는 사람들은

살아가는 방식이 다르다.

그들은

자기 삶을 견디는 법을 알고,

다시 중심을 찾는 법을 알고,

자기 자신을 지켜내는 법을 알고 있다.

그건 기술의 문제가 아니라

삶의 문제다.

오늘도 누군가는

수업에서 조용히 흔들렸을 것이고,

조용히 버텼을 것이고,

조용히 다시 중심을 찾았을 것이다.

그리고 나는 안다.

그 순간마다

그 사람의 삶이 조금씩 더 단단해지고 있다는 것을.

“버티는 힘은 근육이 아니라
마음에서부터 자란다.”

27장

같은 공간에서 함께 흔들리고,
함께 버티는 사람들

성인 발레가 '혼자가 아닌 운동'인 이유

발레를 처음 시작한 어른들은

대부분 이렇게 생각한다.

'발레는 개인 운동이잖아.

내가 잘하면 되고, 내가 못하면 내 문제지.'

하지만 조금만 더 시간이 지나면

그 생각이 얼마나 잘못됐는지 깨닫게 된다.

발레 수업은

개별적인 움직임으로 시작하지만

결국 함께 버티는 사람들의 운동이 된다.

나는 그 장면을

매일같이 눈앞에서 본다.

같은 음악, 같은 호흡, 같은 흔들림을 공유하는 시간

발레는 혼자 배우지만

혼자 견디는 시간이 아니다.

수업에서 사람들이 가장 닮아가는 건

신기하게도 '실력'이 아니라 호흡이다.

플리에에서 같이 내려갔다가

같은 타이밍에 올라와 주고,

발레 바 앞에서 서로의 흔들림을

말없이 지지해 주고,

스트레칭 때는

옆 사람의 숨소리가 묘하게 안정감을 준다.

어떤 날은

내가 아무 말도 하지 않아도

사람들이 스스로 리듬을 맞춰 움직인다.

같은 음악을 듣고

같은 동작을 하고

같은 숨을 쉬는 것만으로도

사람들은 서로에게

보이지 않는 위로를 준다.

이게 바로

발레 수업만의 특별한 기운이다.

성인 발레에서만 볼 수 있는 '조용한 연대.'

성인들 사이에서는

쓸데없는 경쟁이 없다.

대신

아주 조용한 연대가 있다.

옆 사람이 힘들어하는 것을

말없이 느껴주는 눈빛,

혼자 뒤처지고 있다고 느낀 사람에게

가볍게 건네는 미소,

동작이 드디어 된 사람을

진심으로 축하해주는 박수,

오늘 좀 울컥한 사람에게

아무 말도 하지 않지만

그냥 같이 있어 주는 온기,

이 연대는

누가 시킨 것도,

누가 만든 것도 아니다.

그저

같이 움직이고

같이 버티고

같이 흔들리다 보니

저절로 만들어지는 것이다.

나는 이 순간들을 볼 때마다

가슴이 뜨거워진다.

발레는 혼자 성장하는 운동이지만,

지치는 건 함께 막아주는 운동이다.

수강생들은 종종 말한다.

"같이 하니까 버틸 수 있어요."

"저 혼자였으면 벌써 포기했을 것 같아요."

"그냥 이 시간에 함께 있다는 게 좋아요."

혼자 움직였지만

결국 버티게 해준 건

옆 사람의 존재다.

나보다 조금 더 잘하는 사람의 움직임이

희망이 되기도 하고,

나보다 조금 더 힘들어하는 사람의 표정이

위로가 되어 주기도 한다.

그리고 이 모든 것이

조용히, 자연스럽게 이루어진다.

발레는

기교가 아니라

지구력의 예술이다.

그리고 지구력은

함께 있을 때 더 오래 유지된다.

'그날 그 시간에 그 자리에 같이 있었다.'라는 사실만으로 사람은 강해진다.

내가 수업을 하면서

가장 깊이 느끼는 사실이 있다.

어른들은

대단한 격려나 큰 도움보다

'같이 있던 사람'의 존재로

더 크게 힘을 얻는다.

같은 시간,

같은 공간에서

같은 몸의 고요를 공유한 사람들은

말하지 않아도

서로를 이해한다.

왜냐하면

서로의 숨을 들었고,

흔들림을 봤고,

버티는 순간을 지켜봤기 때문이다.

그건

어떤 말보다 강한 위로다.

그래서 나는 이 공간을 '사람을 살리는 공간'이라고 부른다.

발레를 잘해서가 아니라,

움직임을 예쁘게 해서가 아니라,

함께 존재하는 것만으로

서로를 살리는 공간.

사람들은 혼자 살아가는 것 같지만

사실은

누군가의 옆에서

함께 버티는 존재가 필요하다.

발레 스튜디오는

그 역할을 해준다.

오늘도 누군가는

조용히 흔들렸고,

조용히 버텼고,

조용히 옆 사람에게 힘을 받았다.

그리고 나는 안다.

이 연대가

그 사람의 하루를

살아내게 해줬다는 것을.

“함께 버티는 누군가가 있다는 건

생각보다 큰 위로다.”

28장

발레를 하며 깨닫게 되는 삶의 리듬

움직임이 바뀌면, 내가 세상을 바라보는 눈도 달라진다

발레를 오래 하는 성인들에게는

공통으로 찾아오는 변화가 있다.

처음에는 단순한 취미였다.

예쁜 동작을 배우고,

몸을 정리하고,

일상을 잠시 벗어나는 시간이었다.

하지만 어느 순간

수업보다 더 깊은 변화가 찾아온다.

그 변화는 이렇게 시작된다.

"선생님, 발레를 하니까

제가 세상을 다르게 보게 돼요."

나는 이 말을 들을 때마다

조용히 미소 짓는다.

왜냐하면 발레가 사람의 '시선'을 바꾸는 순간을

참 많이 봐왔기 때문이다.

동작을 바라보던 시선이

자기 삶을 바라보는 시선으로 확장된다.

발레를 하면서 사람들은

항상 이런 원칙을 경험한다.

중심을 잡으려면 힘을 빼야 한다.

균형을 유지하려면 시선을 고정해야 한다.

움직임이 예쁘게 보이려면 마음이 먼저 고요해야 한다.

무리해서는 오래가지 못한다.

나에게 맞는 호흡을 찾아야 한다.

이 원칙들은 처음에는

그저 '운동의 법칙'이었다.

하지만 시간이 지나면

이것들이 모두

'삶의 법칙'으로 변한다.

예를 들어…

힘을 빼야 중심이 잡힌다.

삶에서도 너무 조이고 있으면 결국 흔들린다.

시선을 고정해야 균형이 잡힌다.

집중해야 할 것과 내려놓아야 할 것을 구분하게 된다.

호흡을 잃으면 동작이 무너진다.

숨을 조절해야 하루도 조절된다.

발레는 은근하게, 자연스럽게

삶 전체의 균형을 바꾼다.

발레는 '쉬운 길'을 알려주지 않는다.

하지만 '흐르는 길'을 가르쳐준다.

어른들의 삶은

생각보다 훨씬 돌부리가 많다.

계획되지 않은 변수들,

원치 않는 난관들,

예상치 못한 감정들.

사람들은 흔들릴 때마다

이렇게 말한다.

"선생님, 제 삶도 피루엣 같아요.

한 번 흔들리면 정신이 없어요."

나는 대답한다.

"흔들리는 게 피루엣이에요."

"흔들리면서 중심을 찾는 게 삶이에요."

발레는 전혀 단단한 운동이 아니다.

오히려

끊임없이 흔들리고 무너지고 다시 세우는 운동이다.

그래서 이 운동을 오래 한 사람들은

삶의 난관을 대하는 방식도 달라진다.

"완벽하게 돌려고 하지 않는다.

흐르듯이, 맞춰가듯이, 부드럽게 돌아간다."

이 부드러움이

삶을 견디게 한다.

작은 변화에 민감해지면,

삶의 섬세함도 보이기 시작한다.

발레 수업에서 사람들은

아주 미세한 것들을 관찰하고 느낀다.

단 1mm의 턴 아웃 차이,

1도 다른 골반의 각도,

호흡이 0.5초 늦는 느낌,

손가락 끝이 조금 더 길게 뻗는 순간.

이 '섬세함'은

일상에서도 똑같이 발휘된다.

사람들은 이렇게 말한다.

"요즘 마음이 흔들릴 때가 오면…

그걸 바로 느껴요."

"예전엔 몰랐던 작은 감정도

지금은 금방 알아차려요."

"저에게 뭐가 필요한지 조금씩 보이기 시작해요."

발레는

자기 몸을 섬세하게 보는 법을 가르치고,

그 섬세함이

자기 삶의 디테일까지 비추기 시작한다.

이건 놀라운 변화다.

정말 '삶의 해상도'가 달라지는 변화다.

삶을 억지로 끌고 가지 않고,

흐름을 타는 법을 배운다.

발레는 늘 리듬을 가르친다.

운동의 리듬,

움직임의 흐름,

근육의 파동,

호흡의 박자.

이 리듬을 익히게 되면

사람들은 삶에서도

억지로 밀고 가는 것이 아니라

'흐름'을 타기 시작한다.

흐름을 타는 사람들은

이런 말을 자주 한다.

"예전엔 모든 걸 힘으로 버텼는데

이젠 상황에 맞게 움직여요."

"제 생활의 리듬이 좋아졌어요."

"저에게 맞는 속도가 뭔지 알 것 같아요."

삶은

힘으로 제어하는 게 아니라

리듬으로 맞춰가는 것이다.

발레는 그 사실을

가장 아름답게 알려주는 운동이다.

그래서 나는 늘 이렇게 느낀다.

수강생들이 어느 날 불쑥

"요즘 삶이 조금 달라졌어요."

라고 말하면

나는 속으로 조용히 되뇐다.

'그래, 드디어 이 사람이

발레가 주는 가장 큰 선물을 받기 시작했구나.'

발레는 몸을 바꾸고,

마음을 정리하고,

삶을 다시 바라보게 한다.

그건 극적인 변화가 아니라

아주 조용하고 섬세한 변화다.

하지만 그 변화가

사람을 완전히 바꾼다.

오늘도 누군가는

자기 삶의 리듬을

조금 더 부드럽게,

조금 더 우아하게 조율하고 있을 것이다.

그리고 나는 안다.

그 리듬은

이제 한 번 생기면

절대 쉽게 사라지지 않는다는 것을.

“시선이 달라지면 같은 풍경도 새로워진다.”

29장

결국, 발레가 사람을 아름답게 만든다

잘해서가 아니라, '계속 움직이는 사람'이기 때문에

발레를 오래 가르치며

나는 한 가지 사실을 아주 깊이 깨달았다.

발레는

'예쁘게 움직이는 사람'을 만드는 운동이 아니다.

발레는

'아름답게 살아가는 사람'을 만드는 운동이다.

수업에서 만나는 수강생들은

어떤 날은 지치고,

어떤 날은 흔들리고,

어떤 날은 울컥하고,

어떤 날은 포기하고 싶어 한다.

하지만 결국

그들은 다시 온다.

그리고 다시 움직인다.

이 '계속해서 움직인다'라는 사실이

사람을 가장 아름답게 만든다.

아름다움은 기술이 아니라 태도에서 온다.

나는 발레에서만큼

사람의 태도가 잘 드러나는 공간을 본 적이 없다.

자꾸 틀려도 다시 해보는 태도,

오늘 몸이 무거워도 포기하지 않는 마음,

옆 사람을 배려하는 시선,

자기 몸을 조금씩 믿어가는 용기,

흔들려도 다시 중심을 찾는 고요,

이 태도들의 조각이 모여

그 사람만의 아름다움이 된다.

아름다움이란

완벽한 라인도,

높은 점프도,

빠른 피루엣도 아니다.

아름다움은

자기 자신에게 진심인 사람에게서 나는 빛이다.

발레는 그 빛을

가장 정확하게 만들어주는 운동이다.

성인 발레의 진짜 기적은

몸이 바뀌는 것이 아니라, '그 사람의 마음이 달라지는 것'이다.

나는 매일 본다.

발레를 시작하고 몇 달 지나면

사람들은 조용히 달라진다.

자기 자신에게 조금 더 다정해지고,

남을 덜 비교하게 되고,

몸을 신뢰하게 되고,

감정을 숨기지 않게 되고,

삶을 예쁘게 바라볼 줄 아는 사람이 된다.

이 변화를 볼 때마다

나는 늘 똑같은 생각을 한다.

'사람이 이렇게까지 변화할 수 있구나.'

이 변화는 빠르지 않지만

대신 아주 깊다.

어떤 운동도

이만큼 사람의 내면과 삶을 바꿔놓지 못한다.

발레는, 그렇게 사람을 바꾼다.

나는 매 순간, 그 성장의 목격자였다.

발레 마스터로서

나는 수업을 진행하는 사람이자

수강생들의 성장 서사를 계속 지켜보는 사람이다.

누군가는 울었고,

누군가는 도망가고 싶었고,

누군가는 다시 시작했고,

누군가는 느렸고,

누군가는 너무 빨라서 금방 막혔다.

하지만 결국

모두가 한 방향으로 나아간다.

조금씩 더 우아하게,

조금씩 더 자기답게,

조금씩 더 단단해지는 방향으로.

나는 그 과정을

가장 가까운 자리에서 지켜보며

때로는 감동하고,

때로는 울컥하고,

때로는 놀라고,

때로는 속으로 박수를 보내고,

때로는 조용히 기도했다.

발레는

단순한 움직임을 넘어

사람의 마음을 다시 조립하는 과정이었다.

그래서 나는 믿는다.

발레를 하는 어른들은 결국 더 아름다워진다는 것을.

어떤 성취를 했는지와 상관없다.

어떤 기술을 배웠는지도 중요하지 않다.

그 사람이 얼마나

자기 몸을 느끼려 했는지,

얼마나 마음을 열었는지,

얼마나 진심으로 움직였는지가

그 사람의 아름다움을 만든다.

오늘도 누군가는

잘하지 못했다며 속상해할 것이다.

하지만 나는 안다.

그 사람은 오늘,

어제보다 더 아름다운 사람이 되었다.

왜냐하면

발레를 한다는 건

'자기 삶을 더 예쁘게 살아 보겠다.'라는 마음이 있기 때문이다.

그 마음이 있는 사람은

반드시 아름다워진다.

마지막으로, 이 책을 읽는 당신에게

당신이 발레를 하고 있다면

이미 너무 아름답다고 말하고 싶다.

당신이 아직 부족하다고 느낀다면

이미 성장하는 중이다.

당신이 자꾸 흔들린다면

이미 중심을 배우고 있다.

당신이 느리다면

아주 단단하게 쌓이고 있다.

당신이 울컥했다면

이미 회복되고 있다.

그리고 당신이 계속 움직이고 있다면

당신의 삶은

지금보다 훨씬 더 아름다워질 것이다.

나는 믿는다.

발레를 하는 어른들은

결국 모두 아름다운 사람이 된다.

그 변화를,

나는 앞으로도 계속 지켜볼 것이다.

“결국 아름다움은,

다시 서보려는 마음에서 시작된다.”

오늘도 계속, 천천히, 아름답게

이 책을 쓰는 동안

나는 수없이 많은 얼굴들을 떠올렸다.

처음에는 부끄러워하며

발레 바 앞에 조심스럽게 섰던 사람들,

동작이 잘되지 않아 표정이 구겨지던 사람들,

작은 변화 하나에도 눈이 반짝이던 사람들,

그리고 어느 날 조용히 눈물을 흘리던 사람들.

그 모든 순간이

너무 아름다웠다.

어른이 된다는 건

누구에게나 쉽지 않은 일이다.

하루의 무게가 쌓여

어깨가 굽고,

마음이 닳고,

숨이 얕아질 때가 많다.

그런데도 시간을 내어

몸을 움직이겠다고,

자기 자신을 다시 들여다보겠다고

이 공간에 온다는 것.

그 사실만으로도

당신은 이미 대단히 용기 있는 사람이다.

발레는

단단해지기 위한 훈련이라기보다

단단해지기를 허락하는 시간이다.

움직임 속에서

마음은 정리되고,

호흡은 깊어지고,

삶의 중심은 조용히 돌아온다.

그 변화는

크게 요란하지 않다.

하지만 분명하고, 정확하고, 깊다.

오늘 조금 힘들었다면

괜찮다.

잘하려고 너무 애쓰지 않아도 괜찮다.

당신의 몸은

당신이 생각하는 것보다 훨씬 더 많이,

훨씬 더 천천히,

그러나 확실히 변화하고 있다.

당신이 발레를 선택한 이유가 무엇이든

그 선택이 당신의 삶을 더 우아하게 만들고 있다면

그것만으로 충분하다.

나는 이 책을 통해

당신에게 한 가지 말을 전하고 싶었다.

당신은 계속해서 아름다워지고 있다는 것.

실력이 아니라,

속도가 아니라,

남들과의 비교가 아니라,

단지 '계속 움직이고 있는 사람'이기 때문이라는 것.

이 책의 마지막 페이지를 덮는 지금,

나는 당신의 내일이

조금 더 가벼워지고,

조금 더 고요해지고,

조금 더 우아해지길 바란다.

그리고 언제든

당신이 다시 흔들리거나 지칠 때,

이 책의 어떤 문장이든

당신에게 작은 숨 한 번의 여유처럼

닿기를 바란다.

오늘도,

당신은 충분히 아름답다.

그 사실을 한 번 더 기억해주길.

발레 마스터 이수경 드림.